INK INK INK INK INK INK
NK INK INK INK INK INK IN
INK INK INK INK INK INK
NK INK INK INK INK INK IN
INK INK INK INK INK INK
NK INK INK INK INK INK IN
INK INK INK INK INK INK
NK INK INK INK INK INK IN
INK INK INK INK INK INK
NK INK INK INK INK INK IN
INK INK INK INK INK INK
NK INK INK INK INK INK IN
INK INK INK INK INK INK
NK INK INK INK INK INK IN
INK INK INK INK INK INK
NK INK INK INK INK INK IN
INK INK INK INK INK INK
NK INK INK INK INK INK IN
INK INK INK INK INK INK
NK INK INK INK INK INK IN
INK INK INK INK INK INK
NK INK INK INK INK INK IN
INK INK INK INK INK INK
NK INK INK INK INK INK IN
INK INK INK INK INK INK

INK

INK

文學叢書

122

腿

陳志鴻◎著

給爸爸陳海基、媽媽黃秀珠和馬瑞玲小姐。

目錄

帶路（代序）

意外，一隻「松鼠」就在目前！

當時，等博物館門開，前有池塘一大圈，荷花早謝了，光見殘葉浮池作象徵。遠有仿古之亭閣，都不在我意中，我觀人：隔散植的數樹近睹兩對年輕人練推手，還有，遠看一對洋人舞劍。

不久，一隻不知打從哪兒竄出（而我姑且命之「松鼠」）的小獸拉近我的目光到眼前矮樹。初看，「松鼠」定睛望前；細看，則不，牠竟是擬態，要人誤當褐樹皮。我單方面行注目禮，小獸卻裝蒜不肯對視。

我眼一眨，又見那「松鼠」箭速緣樹上逃，於枝椏間消失了。剩一破傘似的樹冠透光與我獨對，而那，竟是小獸之遺韻，或，餘韻。

以下十二篇，不厭其煩改了又改，不過妄想能如上述小獸：別開風景。

二〇〇六年一月九日《東方日報》

二〇〇六年二月修改

近牆

轉車周莊，她趕春天尾巴，而不忘島上老許入院。似乎，去了老遠異地還念還想老許這人，她就能證明自己不失情義，比誰（包括伺候在側的趙麗）都愛老許，心中有他魂魄（是的，隨時會是）千里相隨。

在上海，她乖，爲遊小橋流水，依老許之「遺旨」（是的，也隨時如此）撥電周莊貞固堂預訂單人房。聽自己口裡念出那三字，不覺要笑，她笑自己這麼一個女人也配跟「貞」字搭上？老許可是好介紹，分明開她天大玩笑，要她住進貞固堂，難道暗示她該爲他守？去他的。

臨上美國療養院刀山前，老許上她家，說安排醫生下個星期動手術，不容再逃。他說，從前不過聽覺；現在，視覺都受波及，一隻貓作兩頭（「複視」），要命。大家心照得透亮那下場如何；不然，也不會拖上這些時日才拿主意勇闖算命佬口中的四十五閻王關；動一腦中「瘤彈」不能輕心，搞不好，一身直進而永遠橫出。

照例如此：事畢，她坐地板上把玩老許粗短的五指，根根有個盡頭，又趁窗外一時來光摸節節骨肉的分配，而命運，究竟什麼路數？據聞命運之神（女的），三個：過去，現在，未來。她要是未來那個，一定打救他；偏她不是，賠淚看英雄落難而已。倒是老許，抽身苦笑眼前這一幕，說：「我們這一上一下躺著坐著，倒像我臨終向你交代遺囑。」此乃排演。要是上陣那刻，演「吾妻」這角色的人，肯定不會是她；燈不會打在她身上，她永遠只是幕後工作人員而已。（不想，還活著的老許就這樣早已頻頻出入她的未來計算範圍，先成不朽人士。）

「雲移蔽日」（觀音亭籤文意象之靈現），小房乍又幕暗，原是鑲有午後金光的老許之手漸漸黑褪而隱形。她握著，只剩飽重的觸感；沒有別的，到底，她就只分得一面之詞的回憶而已。

當初，要不是老許候她補習完畢，開寶馬半途攔下她，就不會有後事種種：據她說來。那天，老許可是直把自己送進她房（名為「參觀」），躺下她的大床閉目裝蒜，演開場戲：老許就看準她會收他，討厭。她仿護士巡視病人的姿態走近，見那一對英目慢睜，聽他一嘴開出了一個條件：「你能守這個祕密？在她面前守這個祕密？」她吃了一驚，原來是個知己呵，老許也知道她這老處女說不定一時得意極了，會在趙麗跟前露出得色，壞了他的終身幸福。但，他也實在過慮，低估她為人細密。一天還想跟他鬧，她一天就會先為自己的利益著想，共守「我們的祕密」。與其為了炫耀而洩露，那，還不如眼看趙麗懵懂無知的神色，更叫她快意十分。

從此，她出了老許近植物園有猴子出沒的家門後，不過等他雙雙進她的戰前老屋：換場地而已。平底鞋下走向車站的路漸漸放慢，檢閱了路邊一棵又一棵檳榔樹，就等老許的車頭由後趕上她的屁股，重複陌生人搭訕的遊戲。

車前座，她之右膝跟老許之左膝，是一港並停的兩船，偶有那麼一點風浪（路不平），兩兩接觸了一下又各自彈開了，卻已餘震不休。總是分外覺得車內冷氣開大了，有時她會咯咯打起牙戰，求他關小，再小一點；她紙薄的一身暗有一盆火燜燒，與外冷對抗。是的，那是迫不及待的想像癢刺刺作祟，捷足先登了她家的床。而路，朝向具體化這一切的目的地一腿伸展。

眼向「前路」（現在，未來），她就準備當一個不多話且被動的女人，抱定宗旨不提心下那道疑問。可是，待老許厚實之身爬上（名副其實的「心上人」了）時，她到底放出了那口氣，把握時機能問且問：「你幾時看上我的？」畢竟她教傑米補習三年之久，都不見他對她有一些眉目交接；今天始見他出手，不是他怕趙麗而暫緩時機，就是得怪她這人守身太緊（以致拒人咫尺之外）？老許可是醉了眼風牽嘴笑道：「你不是一直在勾引我嗎？」不想，她一身向來被目爲老姑婆的打扮正經不成，倒成了他眼中的「假正經」，冤枉！還是春色原是關不住的，她本麗質？她沒有外露心底的吃吃傻笑。

要不是她肯收下老許那句（當作讚美自己尚有魅力），頭一場戲開不了。後來，重新想起還是恨恨然，暗呑不下那口氣，老許一開始就準備抵賴了。相對，她驚訝且敬佩自己臨陣竟有勇氣一力承擔「她勾引他」的罪名，簡直當頒榮譽獎。有時經她靈活腦筋翻轉一下，又確實如此：是她上了他，上趙麗之夫。

頭一遭事畢，老許推說忙，要走。她癟著臉說：「你就這樣走掉了？」差點，差點下淚要脅，最後她到底下樓開門由他開車走。老許壞，他要她顯得自願相送的，還叫她：「笑一笑。」事後才理出自己的心機，她想說的話不止那麼一句，補出不曾道出的下一句，完整如此：「你就這樣走掉了？下次還來不來？」

如此乾脆一走，老許逼得她這人不得不就視廁所黃燈下的小圓鏡，用雄性眼光重新自我評估一遍遍，無聲的「我美嗎」拿著來盤問自己。來了一次不表示會再來；老許不曾來過，倒有可能來：她拿不定自己的美醜了。

隔幾天之後她仍乘計程車上許家補習，趙麗十分之驚訝她換一頭短髮，她推說天熱剪短，口氣上完全說成爲自己。她懂自己在報復，專等老許見她，錯覺自己操過的原來是個「男的」，哈哈。趙麗一樣招待吃喝，不敢多看她的短髮，那無非表示：夠醜。但，趙麗也不見得洞悉兩人關係加她一人，卻又一快，哈哈。

同一天，她將計畫付諸成行，科學練習簿的答案紙夾進另一本作業簿，放長桌之沿，上廁所去。回頭再批改傑米六十道科學試題，幾乎全對，答案紙移動過，還不給她拿獲傑米作弊？一陣痛快，卻是悲涼繼至。又給傑米另外一組類似的試題，果然像她初來之際，錯不少。她還不是又要一一根據答案紙解釋半天？傑米沒有長進，她豈不教導無方？理他，趙麗的種。

待樓下電動門格朗格朗滑開一邊，她由著傑米自做試題，聽車熄了引擎，心中倒是另起爐灶，亮了一把火，兩腿當柴燒。老許跟趙麗客廳裡禮貌上談幾句，就一步步充滿懸疑似的走了上來。她特別回頭來個招呼，他反應不過來，掉頭八字腳闊步走遠一些，推開其中一道門之前，老遠望來。她又對他笑，卻是接不到他有表情。也許，她近視，看不清楚那木無表情。

她藉故上走廊盡頭的廁所，走經，見他靠窗面向遠山，一室的風散去他的手中煙，身在走廊上的她也嗅及了餘味，身體止不住冷冷作抖，像是奴隸遇著了手執無形鞭子的主人。她差點進去——進去矮下身子，奉上口袋裡爲他備好的安全套。

貞固堂她訂的那一房，出走廊，再推開其中一口窗即見河道上有船，對岸「樓外樓飯店」。此樓外樓非西湖之樓外樓。她笑，又覺得不可笑。既稱樓外樓，當然一座以外另有一座；趙麗以外，老許有她，說不定也會有別的女人整堆同躲暗處。

向來擔心別的女人原是趙麗的職責，不想，她也需分擔一份，苦命。趙麗當初要她幫忙教傑米數學、英文和馬來文，不外讓老同學多賺外快，當老姑婆老本（她想，她恨）；眞正內因：不請漂亮補習老師，好保家安。她始終難忘有一回在雙峰塔底層咖啡座，一個搭訕的伊朗人坐下來當她們姊妹花（她清楚趙麗一定不屑與她並稱），用英語把她說成姊姊；趙麗，妹妹。其實趙麗還大幾個月呢。無怪乎，趙麗後來好一陣子老愛跟她把手出遊，原來，有個對比可以隨身襯托。她自覺不過像個乳罩，托高趙麗胸前的傲氣罷了。

老許後來上她家第二次，床上就緒之後，仍不免叫她不安，勢要逼出稱心的答案：「我會不會醜？」好不容易問出，老許貌作持平之論，且帶安撫口吻摟著她肩說：「當然，你不是一流美女，也不會醜。」老許跟她這人搭上頂安全的，不是嗎？即或事發（只要不是捉姦在床），也不會有人信美男子會看上東施？她頂恨趙麗這麼想，才向來不疑有她（愛了老許，就注定得恨趙麗，才能平衡心理）。猶恨一點，她自己有時也不得不承認別人這些推想完全屬實：可悲的醜。

午茶間，也不知趙麗哪來膽子和興致，偶會不留情面炫耀老許功夫了得。因爲私下領教且拜服過，她聽由那傻女人繪聲繪色說下去，比較自己的待遇如何，又不忘警告自己不好外露反諷笑容，最好光聽不說。老許腹下討活如何，她可以推測，推想，推論，畢竟，老許也曾臉向著她往前推動半老之身。

於是，她每每倚靠長沙發角落，曲肱擱扶手上恭聽，一臉包容的微笑由著趙麗肆談至日落。

她下樓，過橋到對岸，走進兩旁多攤子的小巷，盡頭全福寺一帶人稀。煙雨當空，一隻麻雀停步橋上，殿上三座金身菩薩似也沉思。偶聞檐角風鈴輕顫，綠柳低向一池的漣漪細細。左邊鐘樓的鐘也靜掛，敲三下得付五元，內牆特別注明。寺之右廂，門都緊閉，一路步去，梁上距離有序地掛了一隻隻燈籠，流蘇竟也一動不動，風靜之故。供應香燭幾個婦人無事祇好靜對，黃臉對著相似的黃臉。階前雨特別響亮，一答一答，似乎會落地打出一個凹跡子似的。她是唯一的一個外人，到處注定是外人。

回來堂內之前，上樓外樓吃了一碗麵，對面青瓦頂上正好一隻白貓徐徐步落，隔著玻璃，那貓肯定跳不上她的桌子，何況中間還有一河。她安全且得意，邊吃邊與貓狠狠對視。

負責人見她回來，一臉的笑，問要不要給她準備明天早餐，回拒了（心想：又要賺她，休想）。她倒說，要外逛，畢竟她記得老許提過當年來這裡蜜月，曾跟趙麗雇一條船夜遊。那先生一疊聲說不行，八點門要上鎖，他要下班回去。她說，這是什麼規矩？由著他嘮叨，她就是要往河岸走一會，跨出了門檻，隔一條河白聽對岸燈下最後一桌的客人點唱一曲曲。

待她重回堂內，不見那嘮叨人，還不是下班去？卻見，燈下一桌坐有一對講粵語的男女，大概深圳香港來的。也不一笑，也不招呼，她登登一人上樓進房，吃她手上帶鹹的襪底酥兩塊，翻起了*The End of the Affair*。燈暗催眠，不覺書拋一邊。隱約，聞得那樓梯一級一級震動，像是自己背上那龍骨有一隻手掌節節摸爬上來，試彈一個又一個琴鍵似的。腳步逼近了，她房前的樓板乘興響動起來，隔壁那一間有雙人床的房門（她之前隔窗望過裡頭的擺設），開了又關。不久，即聞沖涼房拉水聲，電視機亮響，說不定還有……一想有此可能，她按身不動，好防那左鄰知悉隔牆有人。心，止不住變成兩塊紅響板那樣啪啪響，正等好戲上演。

而這一回幸運得多，她在明，別人在暗：捉姦必須這樣捉，她湊耳近牆。

二〇〇四年六月初稿

二〇〇六年一月二十二日《星洲日報．文藝春秋》

二〇〇六年二月修改

青春

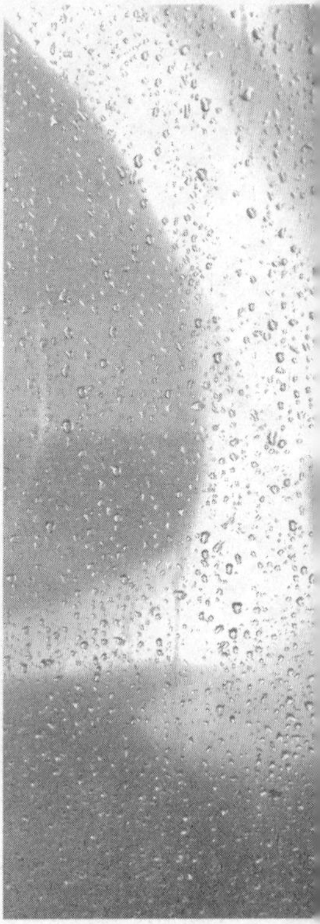

面對我母親，我有我一疊的祕密：她北上小島謀生後，我一次次用作業紙寫信，密封信口，貼郵票兩角，投寄給她。我獨不肯向舅舅示弱，要她島上地址，光寫收信人名字，以為郵差能按名索人。我烈日下獨騎腳車到村裡大草場旁的郵筒投寄，村人紛紛鬧說，一個「人小鬼大的小妹妹寄情書」（我事後挨罵，還得向舅舅舅母解釋）。

許多下午我索性騎下小鎮老火車站，與眾多準備上路的乘客莫名坐等南下火車進站。火車沒來，看不遠處鐵軌上兩列火車，那廢置且銹黃的車廂附有一口口破窗，日下荒草叢亮新綠。

某日騎腳車返家，發生一事。我緊喊著「我流血」進家門，要正下廚的舅母送我入院救治。聽我舅母一聲聲安撫說，可憐，沒有媽媽在身邊的孩子；我以為她說我來不及再見我母親，就放聲大哭。事後我們將這一幕當笑話重提。

當然，還有一件至今成謎的事完全證實我的青春期已經開展：人在火車站某個下午，鄰座一個精瘦且斯文的中年男子摘下眼鏡（露金魚眼）向我哭訴他家中有個車禍斷了一腿的小女沒有聊天對象，而他，又不得不坐等他離家出走的妻子回頭（難怪，常見他一人徘徊四顧）。我安慰說，我也在等我媽媽呵，搞不好她們就在同一輛火車上做了朋友。對方又戴上眼鏡，順我話頭說，沒有媽媽的孩子你也清楚多可憐，歌也唱過；又說，小姐，你能不能動動善心和我女兒交個朋友，我知道你是個好人。他說，我車在那邊（指露天停車場），我先開，你跟在我後頭，我會開得慢慢的；又說，要是我是壞人，就會說要載你上車了，可見我是好人，我不是色狼，也不是拐小孩的，信我。

我們一前一後兩種快慢的交通工具行駛雙程公路上仿龜兔賽跑，他時而不得不放慢，我也不得不加速，又像一種無繩且無形的拔河。結果途中騎著騎著，疑心與同情心未能在想像他斷腿的女兒和離家出走的妻子之中相容，我突然發狠拋下那正領著我開往一個不可預知的神祕地帶的小轎車。我斷了自己的後路（再去火車站，見面尷尬）。我踩離鋪著漂亮柏油的正途大路，掉頭抄一條兩旁野草的泥徑，輾轉經過一大片膠林，才回到自己的（是的，當時格外覺得是「自己的」）村落。我沒有回家，而是逕自騎到號稱「大肥狗」的雜貨店，碰上那一向吝嗇的老闆娘阿花姊看店（而不是那一向凡物給多分量的老闆，「大肥狗」）。我木著臉說，我要買糖果（指一塑膠桶的白兔糖）；她笑問多少角；我先答不出來，手掏出了口袋裡的爛錢包，「得」一響開啓零錢小袋，我抓了三個一角錢。糖還沒接手，忍不住，我蹲下貨物擠得僅容一人的過道哭了：哭得給扶進後面滿天神佛的飯廳安坐還哭；哭得雜貨店樓梯間伸出了兩個少男頭影（村人皆知的未來醫學系高材生）好奇窺探還哭；哭得「大肥狗」夫婦留我飽享晚飯，飯盛得滿滿的，菜拚命往我碗裡挾送，還要我啃完半條清蒸白鯧魚。

任由那兩個好人怎麼問，我都隻字不提那個中年男子的事，之後也就不對任何人重提。我始終相信那個中年人所說的：一個斷腿的孤獨少女，一個離家出走的少婦，一個始終在火車站坐等的丈夫。也許，這是故事；也許，事實：就像在我面前，戴上和脫下眼鏡的中年男子儼然可以分化作兩張迥異的臉孔

（可憐；可怕）。

無論如何，那個中年男子的故事即使虛構，也不妨礙我認同：我可以找到一個個可以對號的現實人物（我，我母親，我遠在戒毒所的父親）。不然，那個遙遠的下午我也不會費力跟上他車尾踩過許多熱路，見識了一小段從未覺得美好的風景：烈日煌照，一座座老墳遍野列疊著上那曬亮的小山峰，有山羊數隻出沒其間啃草。一切分明是：羊白，草綠，墳灰。

二〇〇六年二月

二〇〇六年五月《印刻文學生活誌》

養

一隻黑狗頭猛地一伸，在他左腳咬了一口，又躲開去（顯然給牠自己的舉動嚇著了）。他頭也不敢回，疾步前去。一條高街日光曬白了，只有他的影子是黑的，移任何地方，都是黑的。他已經是一個被狗咬傷的人了。

下班回家，沖涼即覺微微生疼，他試探地一桶桶水淋落，及腳，那痛就挑著肉，一陣陣上胸。進房坐床沿，他一腳提了起來檢視，果然，兩個鮮紅齒印。他告訴自己那是一隻家常的狗，也不知爲何，還是煩悶。也許不是狗咬一事，他一到家，母親即跟他要了今日工資一半：狗要他的肉；不想，媽媽要他的錢：難不成「媽媽」等於「狗」？他一人又歪在樓上生悶氣，放大傷口的痛，想：不久人世。

是的，母親並不清楚一隻黑狗咬了自己的孩子。她不問，他不告知她任何事情；即問，也要猶疑告不告訴她這一個人——是「人」，不是「母親」。「母親」必須是值得尊重的名詞。

母親早說好，錢賺了得分；只是沒想到，錢賺了分人不是易事，何況流汗錢要去一大半。交錢之際，但聽母親啓口數落大姊交了一個男朋友，個子又不高又沒錢又沒車又沒房子，數了下去，缺點大全。他卻步步往上提，耳邊還是樓下的母親，昇華爲罵了。黃昏將屆，煮飯時該又會搬數第二遍，一家人數完了，就是不曾數及她自己這外姓人身上。很肯定，中間，他必被數到。畢竟他們一家就只有四口。

氣悶之極，隨手在樓上拆起一隻矮胖的鬧鐘。外殼，零件，一個個攤在床上；還來不及拆空，睡了。也許毒性終於發作。即使死，也要清楚自己是一隻黑狗平白無故咬死的。

醒在暗中，但聽樓下街心低半調的咚咚響，來了一輛印度麵包車（俗稱「咚咚車」）。黃昏以它特殊的氣味、顏色、聲響又繼續灌入了他的生命，所知所感來自道地的現實，非終隔一層的回憶：他到底還活著。下樓洗一把臉，鏡中人顏色尋常，他繼續等下去，等毒發。坐大廳上，母親板長著臉上樣樣菜。他起身舀飯給一日辛苦工作回家的老爸，難免問一聲母親，最後仍只是捧自己跟父親那份歸桌；母親自谷自的。

爸的勞苦全然不是母親想像的那麼一回事。派傳單第一天，巧見爸在汕頭街一間咖啡店跟一群世叔伯傾談。他扳下帽子匆匆步經，唯恐父子相認而發現對方的發現。

回家前，他要載送他的傑重經汕頭街。果然，父親仍在原處，已是一個人獨抽著菸。他要回家；父親還不肯回虎穴。

吃飯皇帝大，不作興聊或忙別事，剛好有藉口可以不說話。姊姊若在，她洗碗；現在母親一人煮一人洗畢全家碗碟，有藉口可以怨人了，卻不由人從旁協助——哪怕抹桌子。他上樓按開電視，渴睡，也許毒將發作，晚餐是他最後的晚餐，誰又清楚呢？狗悄然跑出，死大概這般無聲息？鬧鐘未拆透，繼續，又思眠，就撒手滿床零件、工具。

第二天還是醒了過來；正確說法，他又活了下去。昨晚早睡，不過測試今天能否再醒，等開彩似的。繼續挨戶派傳單，其實乃一張張餵塞郵箱口。他不過派一些注定要被丟掉的傳單，白派。不是沒想過，「派掉」跟「丟掉」分別不大，找個地方統統丟了就算。

畢竟是一個挺老實的十八歲男孩。生命不免有驚人之浪費，手淫中老早領悟；不能不派傳單，也不能不手淫：不能不浪費。沿著屋投下來的陰影，走經一家家庭院，驚覺這一帶屋子背貼背，沒有後門，自無後巷供出入，乃記起母親曾說，這是廉價豆乾屋。

下午，狗在庭院見他行經，都不理，趴洋灰地上尖著頭臉，一氣不響，仿貓之溫柔。他還是一身餘悸，走快，下一家。他不免記起腳下傷口；正確說法，乃記起了痛這一回事。

那天給他出奇平安派完傳單，全世界的狗都對他提不起興趣。更加肯定，連狗也拋棄他這一個人——牠們咬剩的一具肉身。傑等著他們倆下班，載他重返五條路海尾。他們風地裡一路騎，一路脫除頭盔，由著亂髮拭臉，熄引擎，止於盡頭死路。他跟傑一塊蹲沙地上，直望對岸工廠排煙斜斜。傑掏口袋裡的一包菸，點火，抽一根，煙一直往他臉上吹，不得不換位蹲。傑若是問他也來一根，說不定那天他會試一根來著。

兩岸之間的近處有小舟，遠則一兩艘大船，檳威大橋一條臍帶似的接通兩地而車影細細。兩個少年人眼見燈火亮，也亮在沉入黑暗的海面爲止，才甘心離開。他們並沒有回家，傑送他到診所挨了一針，拎一袋的藥。他，終究是在臨跨上電單車之前告訴傑狗咬他一事，而且，強調那是一頭黑狗，大滴大滴眼淚滾下來。他就只有他——傑這個陌生人而已。

見他曬黑，傑要他換工（忘了自己不也通體黝黑？）。第二天決定再也不上班，傑白接一趟，又自己上路派傳單去（尤其因爲他是一個倖活下來的人，不怪他沒打電話事先通知）。母親自然而然又替他設想退路，也說派傳單不好，曬黑其次，患皮膚癌。母親經友人介紹，要他在中路福建麵檔口捧麵，當天即砸掉不少隻碗（砸掉「飯碗」）。爸爸夜開得士載他順便吃一碗，對檔主賠笑當賠罪。隔天又不必上班，工資都賠了，母親分文不獲，樓下扯長頸項高聲數罵。聽是聽到，他臉上一陣笑容，開始重新裝上自己分屍的鬧鐘，卻裝不上。又一個物件毀於他的手，內臟似的零件床上攤著，他有點失措了。他是失策的造物，眼見亂局，還是一臉歪笑。鐘，這樣一來，倒應和它的諧音。

母親要再介紹他工作，他也不盼等消息，展開了睡覺大計。常是吃了早餐上樓睡，醒來正好吃午餐，又順便進父母房間午睡。看電視，也不過醞釀下一趟睡眠；吃飯旨在飽後再睡。他還原爲白，奶白膚身；狗咬下的齒印也不見了，那一隻黑狗被鎖在記憶門後。傑來訪，亦說他白了；問說近況，都說一天睡數次，越睡越想睡，除不掉疲累。他眼窩兩圈紫黑，屍氣凝重。傑戀戀，在他家看一回電視，不然，看一回報紙才走。他也不送；倒由母親目送著自己又上樓重睡。他在家；也離家，到夢中另外一處母親進不去的世界。母親被拒於門外——夢之門外，砰砰拍門，要喊他醒，一疊聲說不可以再睡了，會睡死。既知是夢，就不肯醒，由著母親外頭繼續喊了下去。生命終會靜止，相關一切亦然。果然，沒了聲息：內外，平行著兩個相安無聲的世界。

雨季他更上一層樓，爬閣樓上睡，給母親逮住了，從滿是塵埃的舊物中把他提出來見光。閣樓從此加了一把他沒有鑰匙的鎖。在最近屋頂的地方，他一度聽雨之不同，換了一個寫作的人，會用不同形容詞：有時打在上面，有時敲在上面，有時滴在上面，有時灑在上面，有時飄在上面。他如同雨一般，飄進飄出家中多個可以睡納人的空間，跣足無聲，不發任何睡覺之聲息。漸漸，也就自無梳洗的必要，睡起必流汗，衣服必皺，頭髮必亂，何況睡之不足還要睡：他一身衣褲睡度數日。他是狗咬剩下的肉身，發臭著。

傑接他出去之前，母親要他沖涼換衣剃鬚。他們又待在上回的海邊，傑點菸問他要不要，他這回推說不要，用手勢示意。生命在隔岸觀望之中眼看要過去了。傑載他回去自己的家，他二話不說睡上傑的床鋪，接下來任何事情的發生，他都當作夢。

醒來傑送他回，路上大家不道一語，似乎一說，就會自夢中大徹大悟。而夢，不需負上責任（現實又不同）。從此，他睡覺的範圍擴大至傑家那一張張時時等他爬登的床。有時他會夢見自己是一架鐘，一架電視，一架收音機，給拆成了一個個部分，又慢慢重新給裝上，鐘又週而復始走動，電視又亮了獨眼熒幕，收音機又侃侃發聲。醒來下床常是一陣惘然，肉身倒是無缺，卻若有所失。傑下廚煎好香腸烤好麵包倒好橙汁等他燈下同桌吃喝。一切歸夢，至少他認爲是夢的話，就會是。傑家是個多夢巫地。

姊姊大學放假回來，見自己房裡一架收音機報銷了，兇手是他，抓他來狠罵一頓。他無話可說，至少清楚了收音機內部是怎樣的一種面目，足矣。母親向女兒建議回吉隆坡念書順便帶他出外透氣，暫且離島數日。他後來當然沒有忘記下午在大都會乘輕快鐵的經驗，一站站下去，冷清的月臺總要引起他的訝異；有時駛入地下，全車靜了下來；有時浮露城之半空又見天日，有若遊龍出沒祥雲之間，身姿自有一種韻致。他則是龍之腹中物。希望島上也設輕快鐵，容他一站站坐下去平白無故地往返，下午會更靜好。十八歲的人生路還很悠長，在陌生的大都會迷路他特別覺得應該，卻頭頭是道迷路不成，姊姊帶著他走：到處是領著他走的人，他不過用腳尾隨而已。

回檳島那天，下了碼頭，又是爸爸開得士接他，接他到汕頭街那一間咖啡店吃牛油烤麵包。從前外經，現在已是置身裡頭了。久坐他問父親回去嗎，對方要多抽一根菸，卻是一根又一根。那天他特別覺得大家父子一場，各有一隻手擱在同個雲石桌面上共冷暖。開車回去途中，雨灑然而下，益覺父子一場在車內，外頭街景割成無數條紋狀，他眼中所見的父親終於是個普世可見的老人了，不再祇是他的父親。他無能為力坐他身邊，繼續當他的孩兒。父子倆繼續流浪在外，而且，是雨天島上流浪。

跟傑再共望對岸時，他完全清楚了自己腳下之地僅是一島而已。畢竟他是一個去了對岸又重新回來陪傑重新觀望的人。傑仍是菸在手，無言語，說不出的話統統燒成模稜兩可的煙。傑要清楚對岸，問他，他肯定會開口說上一兩句（他向來不開口，傑怎麼好問呢？）。兩個十八歲少年蹲在海邊心事重重，黃昏跟上幾回的黃昏有點異樣了。

母親還是把他這個孩子成功推銷出去，鞋店當推銷員。祇曬了一天陽光又重返家裡窩著。第一天光看顧客出入游目，口含金子不趨前招待，眼看潛在的顧客試畢架上的鞋轉身出店，他原地不動立著。那一天沒說過話，由老闆娘數他一大頓；如果還嘴，也許還可以幹下去。沒有，他只是靜靜聽人訓話——過分聽話。老闆娘乾脆發了他當天的工資。更令人氣壞，連謝謝都沒有說，他走掉。

傑不多問，見他一副不修邊幅的老樣子，即知工作又丟了。傑送了他一件需手砌的紙飛機。他一個人無聲息弄了幾下子，成形。比他拆過的電視機之類，不夠複雜。不能起飛的紙飛機，他擱床上，自己又展開睡眠。暗中有人進了來，紙飛機藉由一隻手的力量飛起了半空，未幾慢慢降落床頭。

他是記得的，風雨之前一切氣味清晰。他之知傑進房，那也祇是一股味道飄了進來而已。同樣的，父親不過是枕上一股髮油味；姊姊不過是枕上的一股洗髮精味；母親不過是一身肥皂味：統統，都變成了一縷縷香魂。那表示甚麼呢?雨快要下來了，一整座島隱進了烏雲天底下受洗。雨過窗口，傑跟著爬上床鑽進被窩。連那一隻咬過他的黑狗，(想必)，也躲了起來睡眠。而爸爸呢，還在途中，開車駛進了雨林子。

二〇〇四年初稿
二〇〇五年第四九三期《蕉風》
二〇〇六年二月修改

腿

扣扣敲門兩聲者進來，走路動作尚未適應快速發育的腿，笨拙，怯怯然。一站，又似乎受腿之累，孤苦伶仃在世般惹人憐。當時，先生還問腿的主人高度，但聽一副剛經換嗓的聲音答馬來文，172cm。語畢，腿之主人低望半隱桌下的大腿，人中汗珠可數。先生同時瞥了一下自己同樣半隱桌底的腿，比男孩還緊張呢，對方怎會清楚一二。

都怪男孩莽撞，先時聽了一句「請進」，進來拉開桌前椅一坐，腿塞桌底時卻是一個不慎，跟先生早擱那兒的腿硬碰了一下，而石破天驚。一老一少兩雙腿各自彈開，形成了接下來半小時需要努力維持的距離。然而，都太遲太遲了，先生膝蓋所接收的那一碰猶如洪鐘腦際再三迴蕩。男孩坐是坐下了那張木面鐵椅，先生某個部位卻是奇異站挺，頂住了桌底，久久才告平息。先生隱忍著尖痛，臉帶笑，不忘順應男孩語言能力，以馬來文繼續說，（故意略掉主詞「你」字）腿還會再長。男孩笑，唇上薄下厚，下唇時時充血著：是的，完美的口腔，完美的入口。

桌面下兩匹馬給狠狠勒住不前，衝勁猶十足，老的那匹時時更有脫韁之危。然而，腿之長度，需待男孩在自己眼下躺臥身子，才能眞正評估。當時（認識了男孩一個月後），先生要男孩週末上他家看畫冊，進一步教學。所謂「他家」，是跟華人租下的一房而已。幸好進了庭院前的籬門，小徑即分兩頭，一頭斜去，可以走向另外搭建的旁屋，裡邊有他的小房；另一頭筆直通正屋，老遠即見神龕前垂有海燈一盞，供奉南海觀世音。免了通正屋入他房，方便多，時時帶不同的穿短褲小男孩回來，到底可疑。

坐正屋檐下圈椅的先生，眼見男孩自炎熱三月來後，每一回急衝衝走向他，復又快腳一起走，似乎同樣有意避開任何人，相當配合他整個計謀，他每每帶淚感激：不想，臨至中年還能享此福分。可見男孩乃時時默許他饗用自己青春的肉身，始終等他這個經驗豐富的老師（也是「老手」）啓示而已。壞，眞壞，不全然純情——現在的男孩什麼都懂，精靈得很，偏還裝著不懂，就等他這個半老之人先主動出擊，當壞人罪人兇手之類，十年之後就在外頭聲淚俱下自稱「受害者」扮可憐，博取廣大社會群衆氾濫的同情，眞是。哪來這許多幼苗受害者！一見他這個四十二歲的人，男孩還不是依了自己當初的要求（先生要學生都稱他「哥哥」），嬌滴滴叫一聲「愛力克哥哥」。天知道，那小傢伙究竟懂不懂馬來文「哥哥」一詞另有「丈夫」之意？是「哥哥」，有時聽那小傢伙竟是「丈夫」「丈夫」那樣喚他，要命。

等男孩乘四十分鐘巴士自喬治市中心戰前老房子出門遠來，先生還是先翻英文《星報》爲妙，且受微微晨風吹經，觀落葉之數墜；有時外加一份《新海峽時報》。庭院，盡是木瓜楊桃之類，結實了，還裹上報紙，時見小雀二三前來吱叫出回聲；男孩必來回味，先生放心得很，一行又一行順讀新聞下去。有時也不免省起指甲過長，且趁男孩未來，十指先剪一圈才好；爲對方著想，先生尤其留意食指中指，剪後銼平之良久，又試刮指心，不痛。完美的指甲，正好配合完美的入口。

有那麼一回，先生等，等到小男孩穿一件超短電光藍運動褲，還開衩呢，迫不及待擱下了報紙自圈椅上站起，走前迎他雙雙入房去。男孩總是話不多，大概也是緊張後事如何，拿了他一個枕頭（也不嫌老師的一切不常換洗），趴下了身子，腿長長地往後伸去，交疊成一副魚尾，等捕魚人背後下網。先生也屏息跟著疊手當枕，趴下男孩左右，說，你看塞尙畫的靜物，兩邊的桌布高低畫得不一樣，我們人左右兩隻眼睛個別看東西時，有個高低，合起來就平衡了……。事前，禮貌上終究說了些話，說著說著，先生常常發現自己雙唇抖如枯葉，說不下去了。分析再偉大的畫作，再合理，這時也變說傻話，男孩又是半聲不響，似乎專等有人——他——下手。回回如此。然後，統統靜了下來，先生起身由著男孩自翻自的畫冊，站了起來，或坐一旁呆望那一線起伏的背影、寸毛不長的大腿之背接小腿肚發亮著（在說著世上只有他一人能聽懂的語言），要他的手過去親自領受一雙腿之橫陳，之創造。腿，萬歲之腿，用手歌頌！

先生明白自己委實老了，祇因爲那一雙猶可再抽長的腿太年輕；自己，不過是葉慈詩中河邊老人，望水之流經，望水映出蘆葦似的一頭蒼然鬈髮。他還要看清，手伸了過去，不懂別人腿熱還是自己手熱，他遲疑止住了。他清楚自己要比男孩本身更懂一雙腿的價值，手抖著，又搭落下去，盡是等他接觸的皮肉。只有抓住了腿，才可以免除抖意。美，而且短暫的纖腿啊，將由毛腿取而代之！把握男孩雙腿，把握勢必流逝的時光。唉，時間，總要引起先生深嘆。男孩那一雙腿說話了，從並攏隙縫之間透出一絲絲默許的訊息，翻畫頁聲全休，等，就等他而已。

先生之手原是紫褐色，毛髮又密（加深了顏色），搭眼前人腿上：腿益白，先生手益黑；年輕的腿益年輕，年老的手益老，處處對比。常常，先生是要心裡唱出一首首聖歌，震飛一屋頂白鴿似的，興奮著。男孩整體偏瘦，記得面試時穿校服，還內附一件背心箍得身子竹瘦，肩削臀小，脖子完全像莫迪利亞尼筆下的畫像那樣細長，似乎給一隻無形的手高提上去：窒息之美。先生隔著猶帶粉筆灰的桌面當場問，會游泳嗎？男孩搖頭，額上鬱然多打了幾個鈎，是亂髮。先生忘了尙未答應收對方爲生，即說，以後我可以教你。男孩面露喜色，以爲事成就好。

游泳當天（收生、拜訪家長不久後），陪男孩上大學的泳池是不行的，耳目衆多，泳技只宜一對一密授。還是開車兩公里以外人煙稀處的沙灘爲妙，至少，城中人鮮知一大段林間小路之後，竟是藏有一片堪稱洞天福地的沙灘，容得下身體初會的兩人。也不由得男孩不亦步亦趨，入林要告迷失，需他這麼一個老嚮導領著穿梭一棵棵面貌難分的高樹，開一條隨即草掩的路。下水前，先生遞一條（其實）無數男孩穿過的泳褲給腿的主人，好套上紗籠內換。各背對方換好泳裝，是先禮後兵。不曾下水的男孩到底畏懼不前，一聲聲督促他下水的命令自後傳來，他風中抖著，那一雙腿不是煙囱，是煙囱上的煙了。施令者祇管站在原地望腿讚嘆，心想：泳褲該短些，再短些。男孩見小浪一波波來，始終不敢涉水前去，先生闊步走前，牽他雙雙走投大海之中，由著水慢慢上達胸口，及肩。浪再襲，男孩（人輕）站不穩，先生手一伸扶住了他的細腰，借重水力，進而將一雙腿橫抱自己胸前（英雄救美之姿）。照例得學浮水，先生手榨男孩的腰，反之，要男孩用雙腿夾好他的粗腰及其胯下，雙手重複「折向胸口，划出去」兩個動作。先生原是反對用削筆器，素來拿刀片就垃圾桶將一根6B鉛筆削成半鈍，力求白紙上素描線條能見粗獷；然而，跟男孩一塊，不論何時何地，他不斷想像自己化身一根鉛筆，入削筆器之口，轉了一圈圈，越削越尖銳……一陣光劃破腦際，站海中的先生也要站不住了，泳褲濕更濕。

男孩似乎害怕驚動自己（是的，自己），以及任何人，從來一聲不響，相當合作。當然，先生清楚一個初嘗此道者帶有罪惡感，樂壞了也不會開口承認樂之有。先生含笑一抹，畢竟，自己也曾是個過來人，也找對了人。有別其他孩子的父母看得緊；這孩子呢，他登門造訪，迎接他的，是個四十來歲的胖婦，原是說福建話的，客氣得很，馬來話勉強可以應對，還手斟黑咖啡遞給他，連稱他「老師」。戰前老房子內裡頻頻有人出入（顯然是個大家庭），那婦人逢人介紹「是孩子的老師」：「老師」二字，始終以馬來文強調，要他明白指他，也不忘笑著說，是禮節（他總是頭低有愧，又似乎擔心慧眼的出入者識破面目）；不像那些受英文教育華人家庭，份屬中產階級的夫婦倆一臉狐疑接待他入門坐沙發上，口頭禮數十足，祇是疑心不免過露，忘了倒茶。不久，他們這些人乾脆不開車送自己「溫室的小花」上他一週一次的星期五繪畫課，那些孩子大概至死都不明白自己爲何自大學當局舉辦的「兒童繪畫訓練班」退出：祇有他懂，父母比孩子的心眼可惡，看穿他，不爲他大學講師的身分所惑，媽的。原是容納十人的繪畫計畫，人漸少；鏡中人一副深目高鼻，他老記得自己在別人面前說話慢條斯理，上郵政局也是彬彬有禮（前道午安後道謝），怎麼，就這樣給識破了？大學當局交由他一手負責，從不過問每年入學人數，民間各源流的中學（祇限男校，大學當局嚴防他接觸女中學生，笑話）可以無限供應新貨，祇需到校會一會正副校長，要美術老師力薦數個有繪畫天分的小男孩，他應試一下，就可以根據過往的經驗決定哪個可以充當學生兼後宮佳麗（那無關誘導呵，本質如此）。市場上貨源永遠充足，一個又一個鮮澀的肉體憑空生生不絕，手一伸，捕不完；至少，又一蝶落網了。

還記得，男孩當母親面前順勢說老師要教他游泳，爲人母者當即含笑答應。事情恐怕沒那麼簡單（先生後來省悟），男孩一開始似乎清楚他爲人師表的目的，問母親時還特別看了先生一眼，不過示意：大家可以一起瞞過眼前可憐的婦人。男孩難得靠話示意（屢見他用眼，用身），除了華語，英文差，說起馬來文也不見流利得很，倒有一種牙牙學語的稚趣，聽得他心癢癢。易言之，男孩一用馬來文說話，除了突顯華人身分，年齡又變小了許多許多，小可愛一個。有時，就這樣，男孩繪畫班隔天（即星期六）午後無端出現在美術系辦公大樓的石階坐對草地上的雕塑品，常有出入的同事推他辦公室的門半開，朝內說，「你穿短褲的學生又來了。」男孩也許可以直接悄悄摸上他的辦公室，但不，他清楚這男孩要鬧得人盡皆知。先生領了男孩入室，安他在一張黑皮椅上，再搬一疊畫冊，說電話來不必接，他外出一會再回頭（跟同事一塊在校園內喝下午茶），不過爲了餓一餓男孩。男孩得逞一次（即得他收容），就很有自覺扮起無家可歸的男孩惹人憐，多次電話都不打，獨乘巴士遠來求索，還是餓他一餓再說。問他爲何來，男孩老說無處可去，父母當小販忙，三更半夜才回來，暗示他留自己多久都沒關係。先生比誰都清楚，是體內那股無處可去的利比多將男孩牽引至此，供他這位老手驅出。他的大智慧懂這小傢伙又要什麼了。

先生愛故作神祕，將男孩私藏，餓他當熬他，再當一份夜宵，無人之際慢慢搬出享用。月升樓空以後，領男孩進更廣闊的會議室（平日上課處），解開兩端窗帘的繫帶，拉攏，好擋住夜遊者諸如電單車騎士自外透經落地長窗望進來（然而，終究路燈一杜朝這裡亮著）；搬下一張又一張藤椅上的墊子鋪地，男孩站遠遠一角正拿一副石灰膏骷髏的手骨掂在手心把玩，留背影等人趨前。多少年後先生是要記得自己一步步走向男孩，將那一隻白色手骨自男孩手心拿下，歸還骷髏，由著它重重垂落。最後，先生手所接觸的，已是滾得爛熟的軀體。男孩由著他背後環抱過來，從不正視他，由他解開層層「保鮮紙」；常常緊要時男孩聲音發抖，不忘套出先生的一番身世好再繼續下去，問題分期付款似的提出。自認老邁的先生，疏於運動而腆小腹，不想還得一個男孩眞心青睞，暗中帶淚用手上下雕塑眼前人。先生語語交代自己祖先源自印度，自幼喪父，母親一手撫養成人，曾經主持電視兒童節目（男孩點頭，有印象），任職中學美術教師；母親去世以後，自我放逐兩年，曾週遊多國（男孩心中自有羨慕）。事後，先生有時不忘開錢包，慷慨拿出十令吉紅鈔遞過來；男孩拒收，還是給他以「給你買顏料」一再說服了。只有先生清楚，青春其實可以漫天開價，開更高的價。

男孩也有自私之時，一炮之後，忙忙起身穿回衣物，示意要先生送他回家。而仍著魔的先生，按住怒氣陪他深夜裡走一陣下坡路，經泳池館而不忘同望一眼亮燈的湛藍泳池，再下大學正門車站招工廠夜巴，任由男孩獨登歸途。也許，可以送他回家；但大可不必了，算是報復男孩失責。常常，先生是要後悔自己的舉動，落寞一人步回上坡路，像敗將自老遠戰場歸鄉。先生在系前那一條山路停車場上領車，坐進自己那輛白甲蟲車，久久沒有開動引擎，感受了一陣窒息以致不能自己，再徐徐轉下旁邊窗口透一二分氣。果眞開車送男孩回去又如何？常常，男孩不過要他送至街頭爲止，自願走一程，免得別人老是見他跟錫克族老男人一塊出入；不如不送。今晚，自私進一步發展，那不負責任的小傢伙突然暗中坐直了身體，還掉淚對他說，我們不可以再繼續下去，這是男跟女的行爲。天啊，開什麼玩笑，一個月前還沒拿到結業文憑他會說這話?!先生後悔了，早知道上回開夜車到島上北部某處沙灘，他應該狠狠幹他一場，再拿出車後廂製畫框備用的鋸子鋸那小傢伙的腿。殺了他，不就一輩子膝下有這小鬼作伴？虧男孩走運，那晚先生耳聞不遠處暗中有嬉笑聲傳來，又開車折返鬧市，一句話都沒說，一件事都不曾辦到。單方面殉情計畫一旦不成，竟是永遠錯過，生活下去就是要面對無窮無盡的變化，天啊。先生要求靜止。

可憐，男孩是怕了自己初炙的欲望。先生冒險上男孩家，總聽婦人從樓下喊上去「你的老師來找你」，聽沒回應。婦人倒是殷勤上了樓去，再下來支支吾吾交代說孩子睡覺了。躲吧，先生也不忍拆穿一個小男孩乃跟自己玩捉迷藏，他會來了再來。先生忍辱在別人除夕闔家吃團圓飯時，以一個非我族類的身分當衆登門，心想那小鬼一定在，不得不面對他。是的，見了男孩也不過重演更狠的決裂而已，男孩不邀他進來，倒是一人先跨出了自家的門檻，等他隨後跟來，一起站街心對他這個老人說：「別來找我，我有了女朋友。」（暗示你我從此各屬兩端）先生要笑要嘆，卻爲對方的尊嚴勉強止住，心底呼聲：幹麼做徒勞的嘗試，我的寶貝。

先生掉淚開車，爲男孩開始毀壞自己而不自知深深惋惜著，淚是爲對方掉的，對方又不清楚，老淚自然紛紛滾落。最後，一人車停舊關仔角，走經售泡泡者，一天都是破滅；走經堤上一個個垂釣者，盡是面孔看不到的背影；走到British Council堤段無人處，坐石椅上面海記起了許多日子乃跟男孩在此無語坐上許久許久。先生雙手捂住了自己龐大的臉孔，海風猶一陣陣透經指縫來襲，他想到了可怕的未來：男孩有一天果眞懂得回味，再回頭找他，那該怎麼辦？

別來，千萬別來，那時他自己會更老更老了，男孩也應該不再年少，回憶實在經不起再見的破壞。別來，別回來，先生要慢慢一個人獨老下去，等敲釘聲自外響起。

二〇〇五年三月初稿
二〇〇六年一月修改
二〇〇五年終獲第二十七屆《聯合報》短篇小說大獎
入選九歌《九四年度小說選》

昨日之島

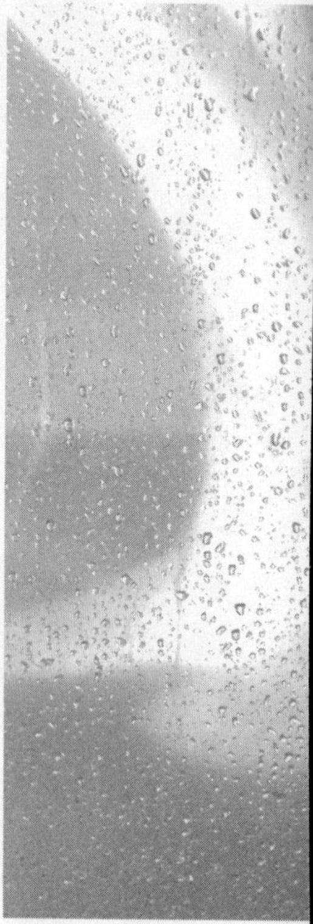

八方烏雲滾滾壓境，一天漸漸暗了下來。

她是今早被發現的。

整個船艙半是入夢恍惚狀態。日影稀薄，只是粗略勾畫艙內局部的結構。天花板上的鐵網備置數以百計救生衣，久未採用，蒙塵而外顯灰舊。救生圈數量也有限，純作點綴品掛左右兩壁。唯獨那一排陳年座椅漆色剝落而無埃。活動的椅背，一推，又往後靠。推動方向因渡輪往返而定：來時，往後推；去時，又往後推。你咚咚推玩前一排空無一人的座椅，前後，前後。椅背經年累月而奇異鬆動，老骨頭了。

（因母親年邁，女死者哥哥將代理妹妹身後事，擬將火葬。）

自父母前後離世，你鮮少回來。他們彷彿要你無掛，最後那幾年，屢求你能火葬他們（父親還舉鄧小平爲例），骨灰撒海。不怕地點難找，這裡四面受海環抱，你大可如此，卻沒依從。你購置白雲山歸眞閣鴿籠大小的兩個單位將兩老安頓下來。之後，你在收音機凡聞《問白雲》，即會念及百里以外父母的新居。你也曾疑心自己孝順只不過爲了免除親戚側目、詬病而已。想深一層，又不是。兩年後你一意將回憶充滿的老屋賣掉時，又何嘗將他們一干人等放眼裡？賣屋一事，你只和妻一人吵半天以致背對：她堅持不賣，好當回鄉歇腳的免費別墅。你難以想像老家無人日常打理將會如何灰敗。妻之堅持，你不願承認她重情（那會顯得你涼薄），你只當她是個過分惜物的老婦人，拾荒毛病復發。你有一屋子她平日收集的廢物（在她，「寶貝」）——過期雜誌、購物單據、衣服品牌卡、舊賀年片、空紅包——俱可佐證。屋子轉手後，銀行一大筆錢你久久半分不動，彷彿旨在證明自己賣屋不是圖謀巨款，而妻呢，似乎懂了你另有心思，遂不重提半句。即使幾番陪同她回來會會客戶，你們也是無言尋找酒店下榻。大家不提，你反而明白這事如何影響感情，來一次記起一次，像有個紀念日似的。

你回來？

如今一年一次，清明你單獨歸鄉（在大都會，你們家對面兩條高速公路交叉處，有一塊三角狀墓地，衆碑密立作矮林，而外植一圍小樹掩幕。你和妻久居，才發現這個神祕墓園。要是陸續見有車子違規停泊大道旁，你自知又需回島了。），默哀似的隨身必備一把「蝙蝠黑」傘以抵抗島上依時的微雨臨頭。你就地採購他們生前的至愛——幸福樓港式點心（你又會想到「祭之豐，不如養之薄」）當祭品，你何嘗不也嗜吃？搭一程約莫半小時（以前公路未改單程祇需二十分鐘）的公車，你遠赴山間人煙稀少的骨灰閣，靜對兩老一回，下空地石塔慢火塞燒黃泉之下夠他們用上一年的紙錢。當天你又趕一趟公車，一趟渡輪，又一趟長途巴士，回大都會家裡與妻大廳燈下相會，天雖然已經完全墨黑，但是這一天還有數小時才過去。妻下廚加熱晚飯，你乘機翻今天早報（而外頭，晚報登場），繼而上樓悄悄行經孩子房間，像你父母一度偷偷步經你房，問燈亮不亮。去日漸多的浮生中，你彷彿又賺了一天，而隱隱有些欣慰，又，有些失落。你不曾島上借宿，也許，你根本拒絕承認自己無親無故了。

你幾時回來？

往返車程必繞經市區，你總是目睹這一座一七八六年即由英國人開闢的島嶼每在脫胎換骨，而漸漸步向你定居的大都會後塵，以汽車、高樓充作繁榮的計算單位。而，居住大都會半生，時間較家鄉，確實倍矣。初識者，他們一聽聞你來自這座世人美譽的海島（一度淪爲垃圾城，上報章頭條），總要你充當導遊。你無比驚訝於他們對你故鄉之熟悉，他們所列舉的名勝，除了小學六年級畢業旅行隨團一趟，你私下再也不曾獨往這些意在賺取外匯的景點。與其說堅持島民身分，那，還不如說你堅持島民特權（不參觀，更能證明見慣不怪，是當地子民）。有別你帶來的許多新知總會興致勃勃在廟宇名勝內外數易姿態存影，你往往謝絕好意，不願露面相片中（你自嘲是外景隊頭頭，掌機較多）。

安靜。

妻勒令。你停手，老背全面靠向椅背。漆綠鐵面陰寒，像一隻陌生手掌，從過去時空突伸出來，透衣面而穩托你的身背。妻斜倚下來，久已習慣承受的重量從你左肩隱發。

（警方推斷，女死者月經來潮，兇徒無從下手，才殺人滅口。）

妻久用的洗髮水泛香，一點香，一點金光，將空氣給染得舊黃了。幾莖十多吋細髮脫離妻之髮髻，凌然遊走你的臉間，癢刺刺。你一存拂去之意而搖頭，她轉醒，半開麗眼。連她的眼睛也是夢，整個船艙大夢的一部分。

你注視她一眼，又見她放心蚌合雙眼，重投不分日夕的夢鄉。迎面一艘渡輪航來。而兩船距離最近那刻，乘客瞬間好奇而互望一下，又蕩了過去。

那通清晨電話，你根本沒有想過一個久已遺忘的老同學爲你捎來噩訊。事後，你再也不明白爲何他得告訴你：

她死了，她是今早被發現的。

接下來一連珠發的話，也許都在說明她的死因，你再也聽不仔細，似乎，他聲音轉小了。

你回來？

你約莫說個時間，對方答應來接，到他家小聚。電話筒不知何時蓋落。你開門沿洋灰梯級走下五樓，一地組屋投覆的陰影，你疾步從這邊走到光地裡，經週日冷清馬路，直達住宅區中心今天人潮格外擁擠的早市，付一元二角，要一份早報。臨場打開，你快速翻查，地方新聞下有豆腐大小一塊，標題：

俏女郎臥屍玫瑰道

標題下寥寥數行字，和你在電話聽聞大致相同，別無額外細節。報導者不可原諒的輕薄，又「俏女郎」又「玫瑰道」，死得其所似的。天曉得，玫瑰道究竟何處？那時星期一至星期五下午五點半前你必去報到，腳車停一軀必須雙人合抱的樹幹下，你記得那浮露的粗根似同八爪魚四面爬伸。你來的次數之多，連背後各豪宅的洋狗都止吠了，偶爾還會搖首擺尾，一副舊友來訪的樣子。祇是，祇是你根本沒想到（或，想不到）：你會在等待一個多年以後會在同一地點遇害的女子。看，她依校規長年短髮，背個比腰還粗兩倍的書包正朝你輕走過來；看，你躲樹後任她站校門口焦急四顧，尋你一貫依時出現的身影。殘酷地，你從她楚楚表情中獲得某種奇異的滿足，你從未想到：多年以後遇害那夜，也許，她表情就是宛如你當初所見的。你從未想到的，還很多，很多。

天暗，加深樹蔭，她母親駕車來接。印度校工進校園各角落巡視，再騎電單車回頭上鎖鐵柵。你必須翌日重新再來，等她再發現你一次，像多年後她困在車廂多個小時的屍體，天明才被（又是）印度清道夫發現。你手中早報螞蟻大小的其中一行字這麼寫。

你和妻等他來。

無數人爲氣味（鹽水花生，香菸，汗臭）合圍你們左右。轉身，你瞥見當地頭條，字體打上血紅，作：

封喉殺手重現

你等了一回，沒等對方來，先走了。彷彿爲了逃避一些能夠預知而不能言喻的情感，你臨時決定不見故人了。我們走，你說。

妻一臉疑問。你似乎沒有回應的打算，即大步走出候車亭。你似乎清楚她必會跟上，所以祇按一貫步伐帶路，而她，則悠哉散步，遠遠落在你後頭而無懼意。也許，她也清楚：隔了相當的距離，你必然停步回頭，等她趕上你左右（時而，她還會躲藏，由著你焦急）。

同樣，妻這一趟一樣沒問你爲何突然回島（雖然她了解你一向難得回鄉）。你記得自己如此誠邀枕邊人：「趁這一連三天的假期，我們回一趟，去你要去的升旗山。」「去你要去的」，回島彷彿枕邊人要的。

與妻多年，她對你故鄉一如你的同事、朋友，懷有去遊之心，惟其你們關係親密，好像隨時前往都不難，總是以「來日方長」說著說著，一晃十多年。旁人眼看不過，時而憤然替她說話，你總能搪塞以各種原因，始終不曾攜妻同往旅遊觀光手冊所載的景點。妻顯然贊同你的看法：你們登島多半穿梭寬街窄巷，夾道之戰前老屋一派尋常百姓家，你就是呼吸這種空氣成人的，你說了又說。曾經一度，還因仰慕島上以民居小景為題材的畫家（他任何一張真跡你都買不起，除了印有他作品的明信片），只好效仿他當街取景。兩三年前，舊日同窗邀你前往他開創多年的電腦公司，你赫然發現學生時代的一幅習作高掛，題材不出街景，右角還用鋼筆連名帶姓簽下「大名」。你不禁苦笑，忙說大家白收藏一場了。朋友自嘲，沒錢買畫，見這還不錯，所以花錢裱上。你聽後，仍祇能第二次苦笑。現在，當著老屋之前你向妻坦白：能畫的本領已經過去。

隨著時日，你漸漸無能再為將塌之老屋存一輪半廓之影。

彎個L字角，一家招牌題著「科幻康樂中心」的店屋，只有你清楚其前身是你學生時代經常光顧的世界書局。街口一片荒蕪沙地，曾經，裡邊植滿恣意開放的花木；午間，孩童笑聲起落鞦韆、滑梯、蹺蹺板動蕩之間，像群蝶……你嘮叨告訴妻一起，獨不曾透露她眼下所走的條條路徑，你曾經跟另外一個女孩攜手走過；你更不會告訴妻，就在你們適才走經的那片沙地（從前，公園！），你第一次牽得女孩纖手，像你現在牽她之手。

又拐彎，你和妻雙雙吃驚而止步。

你們過去住宿的皇后酒店不知何時何故已經被夷為平地了。外圍一圈鋅板，似乎另有工程進行中，滿地磚塊堆疊，幾丘沙土攤著。

妻之怨視，你讀出：賣屋一事借眼還魂。也許，你心虛才想她作如此想？以免掃興，你說：

「難得當遊客，我們就住好一點。」

距離上次皇后酒店過夜，你必須承認一年有餘了。突然，你彷彿置身多年前老家油煙蓬起的廚下，母親手執鍋鏟而不忘告訴你某個親友謝世，某個堂哥堂姊添丁，某某人家搬遷市郊：久違，人事變動顯著而令人興嘆。行李不多，你也不好要妻走遠，就住進了隔街香格里拉。頭遭，你無異於一般遊客在島上消費。

浴後，妻還在床沿折疊你們接下來數日將穿的衣服，你說：

「我下去走一走，吃些什麼？我買回來給你。」

說畢，有點悔意，連自己也吃驚：原來，你竟是不想和她一同外出。她似乎也察覺，回說：「不用，我早睡。你去吧。我不關燈。」你跟她笑笑，（似乎，你的笑容不自覺包含陌生的安慰），惹得她又勉強還笑。

你慢慢掩上房門，由妻獨坐床頭。要闔上那刻，你似乎感應妻之目光望來了，你的房門完全帶上了，似乎，膽怯迎視。轉身，前面就是一條你獨走的長廊了。

夜下穿街過巷，忘路之遠近，你的雙腳和潛意識合謀將你帶至這地方來。果然，她還住這裡。

借夜色之掩護，你停步自己多年前無數次暗佇的巷角，頭仰，對過一整排拱狀窗緊閉著：過去向你展笑的女孩，已是躺在棺木的中年女子。

你仍如同往昔那樣舉步維艱，像一個自陰間遙返人世的鬼魂，遭拒於門外，只能遠觀（這多像你孩子愛看的殭屍片畫面！）。深恐引發他人猜疑，你不久留，走起缺口處處的老街。你驚見橋頭仍立有紅圓郵筒（你孩子收藏的一張香港郵票即有類似的郵筒：兩地共有的英殖民地遺物。）

那時——又是多年前，你老遠騎上幾條街，夜投費時疾書的三十頁情信。天曉得，你哪來書之不盡的話可寫，並，邊寫邊疑心對方讀罷可能全都記不起來：太囉嗦了。

你之選擇她家附近郵筒，出於迷信：近則速達。即使某日你目睹收信郵車朝總局那條路開去，你之後還是執意非來這裡投寄不可。事實上，本嶼信件從島上哪個角落投寄，一般都要後天才能抵手。

通信密約，你們的關係還是藏不住，翌年她後退一班，與你們的感情進展相對比。一天午睡，你聽聞樓下母親正和女客對話而頻頻提及你們倆的名字。你起身蹲坐樓梯口探看，即懂來者何人。與其說你一直坐樓梯口不下來，還不如說：你坐著坐著，後來，竟是躲著不敢下來了，怕。你竊聽兩個爲人母者公開談論你們本來隱祕的關係。在你們缺席（她還在上課，你本來還打算兩個小時後見）的情況下，雙方代表擅自終結你們三年的戀情。你不至於像當時文藝片男主角一衝而下哭鬧申訴，只靜默地聽完結案陳詞和判決。待她（她老母）跨出你家約莫三吋高的門檻後，你才從暗地裡的木梯口走下漸漸放亮的樓底，而在這之間，母親聞梯響而在大廳仰視你遲疑下來的步伐，進而，她帶怒轉入飯廳的樓梯口。她虎立著，等你。

「你都聽到了？」母親一臉怒氣。

「甚麼？」

「你要我轉告你父親？」說罷，母親嗚咽。必須多年後，你始懂：她替你抵擋並善後這事，你不感激，還裝蒜欺她。

兩天後，你甫從學校抵步家門，兩老在廳，還有陌生人同坐。你的抵步聲引起大家齊視。兩老以不甚靈光的馬來話告知對方：他，就是我兒子。你還沒反應過來怎麼一回事，父親即以福建話向你問罪。生平首次蒙冤，你緊張，而僅能笨拙用語極力否認。你適才以福建話口吐一天的話，警方一句都不懂。用馬來文複述，你吃吃艾艾，說一句想半天，添嫌疑。

又隔數日，案件才撤銷。你至今仍不清楚（也沒問）是誰強出頭（或簡直有意嫁禍！），以噴漆塗鴉她家外牆，題字者懂你們被逼分手。

重新粉漆的外牆，往昔之塗鴉看不出。喃嘸佬手搖鈴，咿呀一大堆你聽不懂的經文，旁立紙紮大屋，許多弔喪者吃喝喪府備下的肉粥、汽水。你在這一切紅紅白白的熱鬧人生以外，像過去最後的會面：你們之間才十多天不見，隔一條馬路的距離，她眼低眉垂，眼帶警戒而顧左右，你清楚彼此別無可說：關鍵時刻各自揆度，再提，你們也無從表達那至深的煎熬。

你們這回跟上回一樣，就只能無言對視：你和她昂露天鵝頸的靈堂玉照。

回到雨夜酒店，特有身處異鄉之感。妻已經側身熟睡，準備明天遊走一番，菇狀床頭燈隱隱亮光，打在她背上，照出她細滑的半臉，如蘋果過水（亮更亮）。上床，與妻共埋被窩，房裡陰寒除卻了好幾分。手伸旁邊開關，一按，原始的黑暗大舉過來。壁鐘滴篤滴篤，無數的省略號（……）。你想像那每一響慢慢軟化作血，自她（已是從前的「她」！）頸項刀傷外溢，飛急作幾道瀑流。那多年前久已熟悉的一頁傳記又回來了。如此，你記得：

他（達利）忽然「看見」兩隻軟錶，就畫。一隻掛枯樹上欲滴。另一隻癱在土臺上，折作倒裝的「L」字。其實還有，第三隻就套在一隻閉目鳥的頸上。而那閉目鳥，有一彎亮翹的眼睫毛。

還有，你親睹：

菜市場上。有婦人熟巧高提一隻褐翅母雞，往牠頸項一抹，丟進塑膠方籠，由著牠咻咻撲動，血水四濺。

還有，還有，轉化作文字的經過：

（據法醫官推斷，女死者遇害時間凌晨兩點至三點左右。頸項上致命的一抹刀傷，相信爲利器所割，長達七公分，深達一吋。警方相信死者曾與兇徒有過一番搏鬥。）

還有血，時間，達利，三位一體了。

緩緩地，你進入妻身，完成假期歡樂的部分義務，彷彿，一艘渡輪在你看不見的情況下，又抵步島上潮濕的海港。事後，一如往常，妻快手（戴有翡翠手鐲的左手）攀上你脂肪暗堆的小腹藤纏。突然一股寒流上了脊背，多年前，你就給過一個人這樣攀抱。

二〇〇〇年獲全球新紀元華文青年文學獎小說組冠軍
收入金聖華主編《春來第一燕》
二〇〇六年二月刪改

天腳下的趾縫躲著

門開，女經紀很是熟練脫手袋擱餐桌上；見暗，就拉客廳落地長窗的布帘準備借光。哪知道，外頭另有一大叢的修竹斜遮日照，就只能引進了不能除魅的帶綠弱光而已：房，還是幽暗的。而不遠處的游泳池則是一個對比：有日光一條條魚躍，比不得上岸這裡的陽光完全提早終老了。

三人行自大廳一路漸進，門扇扇給推開來，女經紀人領著審視主人房、客房、儲藏室，而他老愛背著女經紀偷望未婚妻一下，兩人笑笑打眼色，就為了這中年女經紀太不苟言笑了。

獨有一幕，他念念而未婚妻事後不知：下廚參觀時，有一封信擱在廚桌上引得他專注留心，收信人保玲（英文音譯，業主？）。一個平面的名字。

從女經紀口中得知，前一陣子還有義大利夫婦來過（不外暗示屋子搶手），他卻不外露慌急神色，哪怕對至愛也緘口心中憂。

不必多說，眼前的事實說明價碼所值——還是沒能馬上答應，得多打幾通電話約看不同房子增強決心，並向自己證明：絕非一時衝動（年紀老大了，就是需要費時說服自己）。

註冊結婚那天，房子也還沒買成，兩人只好各自出發。她心細，約了大學好友當證婚人，算是公平對待一個孤兒（他）；他則邀職場未婚好友，好配對未婚女證婚人，算是作媒還報。兩人都不戴戒指，怕丟失，省卻了這一道儀式不說，竟也不錄影存念，推說不上鏡。略略拍照難免，走至負責註冊的寺廟外頭由朋友卡嚓拍下幾張當時人影而已。他們——尤其他——自比人間匹夫，不敢妄求多福，遑論驚動天地鋪張一番。

上律師樓另簽一約：保玲女士的立體真身來了，說一口美式英語，清楚彼此原籍檳城又說福建話攀套，對律師又一起說回英語。聞得他姓邱，保玲女士照例要「天啊」一聲，說，這個單位原是她老父自一位姓邱人氏買來的，夠巧。他何嘗不疑疑惑惑，難道物歸原主，他贖回家業而已？他怕，怕聽進一步的眞相，也不交遞隨身備下的名片給保玲女士。簽畢，攜妻，即走。

也許該問二叔，或能知悉一二他父母的龐大產業；問個清楚，又如何？問則意味疑心侵占，算忘恩。多少年來還不是不問？父母那回出國而邀單身二叔小住，好看顧他們幾兄弟照常生活；不想，竟成了託孤，誤他二叔終身。大哥不願重提；據聞焦體難辨，空難那刻算是火葬。年年上山掃墓，他疑心家人白對衣冠施禮，能流的淚就一年較一年吝惜。高中之後留學加拿大，學歸開小店入口設計、純美術圖書，活至他父母去世那把年齡，（他老覺得）再活下去都是一種突破，多活一歲就是一小突破。

上廣告公司推銷書籍，給他碰上當文案企劃的妻，常笑他蘑菇頭土氣，笑他衣著邋遢，就是不懂他的身分（老闆）。要是清楚，見他親身上門兜售也頗可憐見的，而愛呢，不就常靠同情當養分嗎？她又何嘗亮眼，廣告公司的人不是衣著輕便，便是穿紅著綠鬥艷；她則永遠一派正經穿素淡的職業套裝，對公司整體做視覺上的抗議。論高度，齊立，她和他一致，誰也不需要依靠誰似的，清清楚楚兩個人，他很放心跟她一起；要是意外，也放心她可以獨活餘生。

如今，週末黃昏，妻跟他坐對「新居」大廳上，時有即興演出。他戲劇化拿起了她的小手，吻她手背，卻聞她要索十塊錢。他也傻乎乎開了錢包拿紅鈔付她。她一臉笑意又拿他的手背還吻一下，再還十令吉（太孩子氣了）。然而，生命中極爲動人的時刻仍有細細的哀傷乘機出沒，針扎似的一下又一下，讓人覺得有個大限。就在半夜醒來上廁所時，他偶會聽聞那兀自藍亮的泳池發出活水聲，每要站住好一會，獨想：靠泳池太近了，不像個家，他和妻簡直天天住旅館似的。還好，人生在世總歸旅居，住什麼地方都一樣，他深夜一口長嘆回房。

九一一事件，他曾致電島上大哥，聽電話那端說，老美勢必反擊，要面子。餘下大哥沒提的話，他都懂；提，便會是傷感的重提，算了。他父母始料不到，生前活躍學校家教協會，倒突顯孩子後來的孤兒身分。

當年家中無主，二叔防著族人豪奪而上鎖家門——尤其他父母大房。獨有他一人得母親寵信，有一把鑰匙在手。是的，他不得不瞞任何至親：母親生前老早交代他收金飾的所在，他覺得告慰。想必失事那一刻，母親要比產業分散各地的父親更放心，記起了愛兒——老三。父親生前阻止不了愛妻買金飾光收不戴，總嘮叨說，逃難意識太強了。可是，死亡不就是愛情保鮮紙嗎？他父母算是生死不渝，不像別人家鬧外遇、離婚，他們相愛了一輩子——雖然人生短促。

他惶惶不安，全然一人私守著黃金祕密至年長。有一年聞得故宅不得不轉手，他只好自加拿大白茫茫雪地裡飛返，住進父母生前的大房重溫兒時挨靠雙親的暖夢。夜裡，他省起還有一事未了，燈也不亮就輕疊兩張椅子，一手摸到閣樓上，找到了報紙包封的鴛鴦圖紋洗臉盆（母親的嫁妝），而裡邊竟是空無了。究竟，誰較他先一步呢？印象如此：遠在高中時代的一回大掃除，他上來過一次，摸有了，卻不曾打開，又加倍安心擱回原處，以爲還是祕密。極很可能他從來不曾上去，而是一回夢見「高中大掃除」，就一直誤信至今。

隔早，用手輕摸地板上的幾許灰塵，他想著自己可能半夜摸得不夠眞切，卻也不想重新上去印證，他怕。他能騙自己，就索性繼續相信黃金祕密未破。也許（也許吧），下一手的屋主打掃發現，並一臉驚訝地拾金不還了。他到底比較願意相信外人拿了，而不是他們兄弟中的一人獨吞。

他保留「新居」原狀，沒有大肆去舊佈新宣示自己的主權，畢竟他可不是買個屋殼，還要那附加上來的空氣。他坐別人坐過的舊長沙發，看一架別人看過的十五吋老電視；頂多，他將一瓶蒙塵假花摘除，也不補插眞花，由著空下的白瓶占位。他跟妻只是「住進」，在原有的一切中加多兩個生人而已。他願意想：自己住的就是他父母的產業，他們留給他繼承——他是愛兒。

又有一天，門響，「保玲」女士盛裝站門外一疊聲又道歉又抱怨郵政局服務如何之差勁，換地址許久，信還是沒轉向她那邊，得次次奔跑過來。當然，她不忘一臉的笑窺望他的身後，（就像他大哥大嫂）同樣好奇「你沒有裝修」，但清楚不便多問。她以爲他窮，推測：買屋去掉了大半的儲蓄（也是事實），外表又從不打扮（兩次見面的總結）。他沒有多談，漠然說明沒有她的來信，當下逐客令。她訕訕然說，下次再來，謝謝。他清楚沒有下回：他一開門就摸透了她的來意，而她也全懂。她不過有點捨不得剛脫手的物業，還妄想多看一眼而已，典型老處女心態。

黃昏泳池旁常有喧鬧的闔家歡度假氣氛，他開門外走，又自外望向斑斑竹影投映的家牆。時而可見風扇下愛妻播音樂轉呼啦圈，合掌朝天拍手不斷，道是日拍千下就會振瘦手臂，他笑笑——苦笑人與肉體掙扎。入夜，並躺床上聞泳池細細活水聲，又談些甚麼呢？不外重提生不生育的老問題，他仍說不，她則暗自盤算可行的竊精策略。他笑笑，不能不防親愛的。

他在外頭望進自家的那種目光，妻說，戀戀的。她又哪會懂呢？即使平日出門，都是一次次的生離，隨時死別。外頭那一叢修竹將他們家掩掩映映出世外的格局，似乎，他跟妻就躲在天涯海角般。有時，他幾疑自己和妻就是他父母的化身（一種奇幻而安慰的想法），誰說沒有可能？要是兩老當年安全登陸異國，住進的旅館想必跟他們眼前的家一樣，有個泳池可以日游數圈，他爸最愛夜泳。也許兩老不過出國散心，終有一日回來養大孩子，見證他們成家。是，他的父母還健在，不過像他們一樣在天腳下某個趾縫躲著。活著，就非這樣躲著不可，他懂了。

二〇〇四年三月初稿
二〇〇六年四九五期《蕉風》
二〇〇六年二月修改

夜移一張沙發

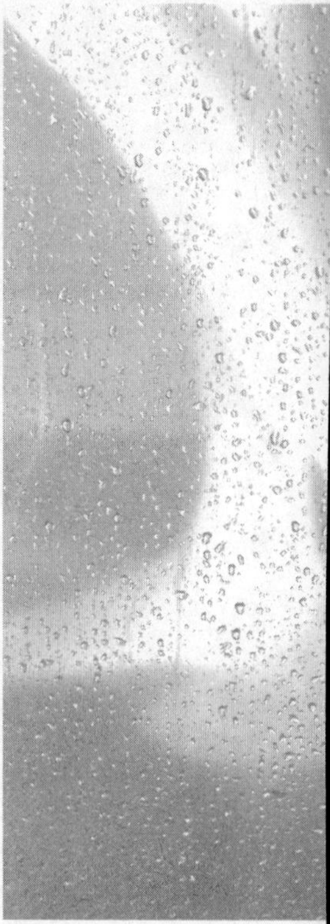

驚動不得那老的，趁他蒙睡，奪他的「皇位」——其實，是一張打滿黑膠布補釘的灰沙發而已。

親友來，那老婆子從前就開始謔稱老伴（她稱「老的」）霸占單人沙發作「皇位」，別人休想有機可坐不說，腳還伸出老遠擱在一張小圓凳上礙人出入（客廳過道窄）！老的不是坐對星河頻道重溫港劇就是午間昏睡，日日總要上演「登基」的戲碼。

人老，沙發也見老，老的就是捨不得換，一把剪刀，一卷黑膠紙，上圖工課似的，戴老花眼鏡細依爆裂的缺口剪出長短不一的塊塊，塞進了紛紛外彈的黃色海綿，打上十字補釘封口。一個個「十」字，灰底，黑凸，老婆子早就嫌礙眼，沙發乞丐相。不行，不行，老婆子原是米行小姐出生，比當了大半輩子公務員的丈夫還要面子，怎容得下沙發丟人現眼？而長子新婚之期將屆，那一套沙發（包括「皇位」在內）又怎坐得下人——即使瘦者？除非，加一張坐墊。可是客人非得坐上才懂沙發的「虛實」。一屁股坐下，要是和沙發的間架木條狠狠打個交道，那不免太失禮太失敬了；也不能對一個個客人說，請加這個（坐墊），煩難。不能，不能，老婆子差點朝那老是阻她更換沙發的老伴發獅威而一吼。她到底不忍。見對方開電視而頭歪一邊自睡自的去，室內風扇又吹得一頭蓬然，老婆子心中突而亮出了一計，臉開笑出光來。好的，就智取。

於是，一個半夜，篡位密謀開演了。那老的服食安眠藥後常常不省人事，好（她破例覺得好）。身爲老伴的她，一馬當先醒來，進兒子（未來）媳婦同居的新房招小兵，心中不無猶豫，站門前乍疑他們兩小要是度春宵而忘穿衣褲，她一個老婆子不就要一起臉紅？不會，不會的，房暗，都看不見對方（即使臉紅）。旋開門鎖，摸了進去，卻見兩小大被緊蓋，露一雙待獵的人頭，竟是開冷氣在熱帶度「冬天」，天啊。她最怕冷氣，老覺得睡多鬧風濕，進了雪洞衹好趕緊蹲下身子來搖醒孩子，說，是時候了。還是不放心他會醒，就坐等地板上受寒一陣子，孩子開眼重新見她，嚇了一跳，猛說：媽，你怎麼這樣？她歉然笑笑，又記起來剛睡醒的人根本看不見她笑——何況，孩子近視。即使看見，暗中再漂亮的笑容不也有幾分恐怖？她收笑，暗中臉也恐怖起來，是老臉了。

一街靜靜然，吉時也。她要孩子小聲，你爸一醒，完蛋。母子二人行躡腳下了樓去，輪流各往廁所洗掉一臉的睡意才動手。怎知，待各站好一端才準備抬動沙發，母子倆就驚覺瘦死的沙發還有不少肉，除了智取，原來還需力敵！祇好，帶累媳婦也給弄醒過來助力，作夜間三人行。

同樣，原是要少弄出聲響爲宜，才開一扇門；可是，要直出的沙發竟是身闊得很，又祇好開多一扇（算是「並開」）才能跨出門來。而且，還得先拔上下兩根門閂，身高的兒子祇好捨身小心動作，務求不發一響，畢竟，有兩對鷹眼監視得他背寒手抖。

出了門庭的鐵柵，夜黑街長。他們一條街都是政府廉價平地屋（沒有後門，設計奇異），卻是一戶人家一輛車代步，冷氣機轟轟競賽，狗養了下來防賊爬牆偷鞋，算是小資作風。還好，一條街的狗都熟悉了這抬動沙發外丟的三人行的氣味，就不吠，目光跟隨著一張被高舉半空的沙發慢慢移到下一戶人家去。凡經燈柱照亮處，沙發又現出破落相，一次次夜裡現醜，眞是的。可惜狗不說人話，不然第二天就一定會對自己的主人這麼說：黃家三人半夜偷自己的沙發外丟，家賊眞是難防！

要命的是，老婆子一路聽著兒子邊抬邊打噴嚏，就自胸臆擠透一口氣說，怎麼沒有多穿一件衣服。孩子祇是逞強說，灰塵，（重申）是灰塵（表示身體強健）。然而，聽著這話的三個人（包括說話者）其實都分不清灰塵還是夜寒使然，那兩個女的，乾脆直接結論：他，鼻子過敏又發作了。一臉無辜，大家都怪他的噴嚏聲會吵醒一條街的人。那不由得他不後悔，早知和老爸一樣安睡樓上不管事，由著兩女力有不足之餘想他，好過現出眞身帶累人，眞是的。

他的願望不久果眞實現，因爲，下一趟就祇搬動老爸的單人沙發，兩位巾幗英雄力足，男子可以靠邊。各出於妻子和母親的關愛，都叫他上樓回房睡，包括客廳沙發空留下的地上積塵都由她們善後，免得一個個噴嚏吹揚更多灰塵，製造更多噴嚏，惡性循環。他也不難找到自己的任務，進了房躺臥下來豎一耳聽隔房父親的動靜，一耳則聽樓下兩個女巫拿著掃把除塵，雙面間諜似的。

然而，那夜又豈止一人不清楚沙發給搬走了，還有一個身在外鄉的人同樣給瞞在鼓裡，不知老家換了內容。那人就是我——以上的敘述者，那，才要命！

還記得，我和我妻午後回島上我家，門開，多了一套海藍水紋沙發靠牆。我妻眼尖，先是一臉驚喜喊了出來，新沙發新沙發。我馬上嘆息，丟了舊的，買了新的，一樣是人造皮，坐下不久就會流一背的汗，為什麼不徵求我的意見。雖是後悔自己沒能參與選購，卻也不能不認清一點才能安撫自己：我媽不會特別要我回鄉，就為了借眼選購新沙發這麼無聊，畢竟，瑣事。何況，以後坐沙發者是兩老、我哥哥嫂嫂，我說話何益？我上樓又開一門，驚見我和我哥從前的睡房完全變作他一人的新房，舊衣櫥、書桌都給移到我爸媽房，和衆多雜物塞得滿滿：這一夜，我睡哪裡？我哥我未來的嫂嫂都不能睡新房，我爸我媽也不能睡倉庫似的自己的房間，我和我妻又如何？一屋就爲了一個大喜之日，夜裡準備擺空城計，都住酒店。

離開七八年，我從未像那刻那樣覺得自己完全是家中外人，我望著我哥重新粉刷的新房（原是「我們」的房！），大衣櫥面向新床聳立，乍看，半夜恐會作高樓壓將的夢魘，得給他們一個風水性質的警告；還有，一面靠樓梯的牆上，我原是嵌在壁上的横條書架統統給拆了，書一疊疊想必裝箱。午後有雨細細，我們隔窗窺見下得平整均勻，我們家又是靠海港，這時偏有汽笛聲響起，而我身在家鄉卻有天涯人遠的恍惚。我和我妻打開通往露臺的房門走出去，一簾白雨，沒有上磚的洋灰地小寒上身（腦中一句宋詩）。我終於不得不承認：我在這個家消失太久，祇能另組家庭。

我和我妻在露臺坐欄杆上俯仰天地，遙遙卻見我媽穿黃色雨衣，騎老鐵馬自長街那端來歸。車停門前，我媽推開鐵柵，推腳車進門庭，我在空中似乎可以看見條條輻條漸漸轉靜下來。不久，聽見我媽叫醒我爸吃買來的福建麵，我們就前後腳走下樓露面自首。廚房窄小，坐了我爸媽倆，多我一個人就不好說話，祇好坐等大廳新沙發上繼續想著舊沙發的去向。

我和我媽得以說話時，我妻卻和我爸一起看午間兒童節目，我妻我爸一幅老人與小孩圖各據一張新沙發。我在廚下面向我媽，第一道問題：換了沙發？坐喝黑咖啡的我媽一臉得意說，我和你哥哥你嫂嫂半夜搬沙發出去丟，你爸爸就是捨不得。聽了一小段話，我腦中開始有了一幅三人鬼鬼祟祟的夜行圖，筆來，幾乎就可以即事勾畫。聽話那一刻我就開始痛恨自己當時未能在場參與盛事，那畫面，那情境太誘人了，就祇缺我一人。

爲了服膺佛氏概念，並且，補救或扭轉生命的缺憾，我上酒店過夜時就開啓手提電腦寫以上那段激發我想像的虛構文字來個「願望的滿足」；而窗外雨呢，打從我和我妻開車乘渡輪抵步島上之前就下，之後一直沒有停過，眼前還在努力蟬聯。我的眼睛時而暫離熒幕，看我妻為了準備我們年終的英國之旅在織圍巾，似乎雨下多久，她就會織那圍巾多長似的。我突然記起了一事未了，說，待會我們記得還鑰匙給他們。

我哥圖能省錢，原要我們這一對和他們夫婦倆共擠一小房；我和我妻進他們房，以為床褥兩層，拿了一層鋪地上即可睡眠。原來，一搬，整張床就露出了底下簡陋床板，又怎能睡得人？再說，房小，打地鋪更是異想，剩L字空間供人進出廁所和梳妝檯之間而已。實在不能，我和我妻只好乘電梯下樓另租一房，低兩層。花錢拿多了一把鑰匙後，我和我妻開門插卡亮燈，雙雙鬆了一大口氣，原來之前搬床準備打地鋪，都旨在確認大家都不想外道的一點：我們其實都不想和別人共房，不過，得有充分的理由說服自己。好了，這一來，我們總算完全可以說服自己做對了，花錢買身心的真正自由。

夜裡唯一的笑話：我複述一次電腦上文字處理過的——我家三人行搬沙發

的笑話。我妻認爲我的結局應該修正一下，我爸不可能全然不懂半夜的大動作，祇是不道破而已，眞正大贏家躲在背後。我心裡寧願我爸不懂，堅持話分兩頭且有張力的畫面處理；我舉眼前例子：我哥從我家「留廳夜」回來這裡，找不到我們，就有所謂的故事張力云云。

第二天迎親種種不必重提，我和我妻給了一群姨姨輪流盤問幾時也來這一套。還聞說，趁她們牙齒還能嚼動（假）魚翅，快辦酒席；還有，先給半年通知大家（也是通融），好籌錢給紅包送金首飾。至於那一套新沙發則有點不知好歹，露出了過分嶄新的光亮面目，招引小孩接連爬在上面跳玩，驗其虛實，我看了替我媽心驚心疼。而雙人沙發的後牆上有我祖父母的肖像一臉嚴肅，也許在呵斥小孩胡鬧黃家沙發，也許在怒斥婚禮排場不小，你們這些後人淨會浪費！我聽著某個陌生人又對某個小孩說，沙發新的，你給我下來。那陌生人，女的，我推斷是個街坊。她說完，其他人就紛紛注意起這套沙發；當然我也推斷，一部分人想必開始明白：爲何半個月前鄰近組屋大垃圾桶在某日清早突然多了一套舊沙發「坐」在那邊（或，邀別人搬回家坐上去），原來，就是來自缺德的我們家！從一部分人半疑半惑的眼神，我讀出另外一點：也不像新的。我可以用我媽昨天對我說的話向有關人士複述一遍（可惜，我還是緘口），不能買不同款式，老的（指我爸）坐慣這種。因此，我家的新沙發不能算「全新」的，皮新，款式依舊。還好，沒有人會在大忙喜日抓我媽來確認新沙發一事，就只有我眼見新的那一套老在受苦受難而開始想起命運更爲悲苦的舊沙發。甚至，迎親完畢回酒店午睡，我迫不及待作個新夢，用我對這一帶居民虎狼的認識（或印象）而開始不知不覺編造這樣暴力十足的情節：舊沙發遭受施暴，外皮給一雙雙我看不見臉孔的手大力撕破，裡邊內臟似的海綿統統也都掏了出來，空心，只剩下一個間架而已。人們還不肯罷休，將間架鋸成木柴一根根，點了一把火燃燒，勢要燒它成灰不可。就在火燃燒同時，一張張我全然陌生的兇手臉孔顯現出來了，而我，竟然身列其中！

我睡醒，你相信我即時作過以上夢境嗎？總之，窗外雨未停而天延續昨日樣貌，不遠還可以看見入夜就會和天一同消失黑暗的海面。在夢以外，我坐床沿上望灰綿的海，想像有雨下來，那被擱置的舊沙發變鋼琴，有無數輕快手指滴答彈奏它的皮面；不然，就是給某個老廟的廟祝託人抬了回去配搭其他舊家具，來問乩的百姓可以搶先坐候。種種想像實在因為我記得我媽廚下說的話太含糊：那套舊沙發丟了不久，就不見了——也許，市政局垃圾車給載走了（可是車小沙發大，肯定還需分屍處理，我的夢到底有一半出自邏輯）。不論怎樣，我和那套舊沙發一旦分開了，命運就開叉兩端，互相隱瞞蹤跡似的各走各的天涯路（又一句唐詩浮腦）。

我和我妻盛裝從晚宴歸來酒店，又借宿一宵，我尚未理清舊沙發的去向。卻聽我妻說，你爸和我同站一塊迎接來客一半時突然充滿清明之智地說，一切都是做給別人看的。聽我爸暗許長子的宴席，第二天退房之前，我在電腦還是乖乖補上這麼一段作結全文：「準新郎哥睡去，卻沒有想到隔房老的早已醒來，偷笑樓下老幼兩個女巫掃地半天。他想，祇要第二天睡遲一點，到了午間，想必就會有一套新沙發送來擱在原地準備瞞他眼睛。那，簡直是夢想成真似的，又不花他分文，真省。那麼，就先睡一會再說吧。」

二〇〇五年九月
二〇〇六年二月修改

桃花開在我母親住的小島

有時不稱「我媽」，而是「我母親」。

和我左撇子的母親吃飯，我從來就識趣不坐她左邊準備挨撞。是的，一個不愼，兩人手肘在拿菜用飯的起落之間勢必摩擦頂撞：我可不想好好的飯局變敵情暗湧的戰局。兩人中的一人（我／她）得先就坐，另一人再擇坐，或——陪坐，才能相安。母親提過（語帶抱歉笑說：「你坐右邊，我弄到你就不好啦！」），我當家訓記到如今。然而，自我小學六年級後我們就難得一塊家常用餐，她一個離婚婦人邀了同村姊妹離鄉北上小島，道是那裡工廠多，可以淘金養大我（我聽舅舅舅母事後說）；的確，那時北方小島在自由港地位取消後大量引進外資設廠，力挽繁華。我母親倒沒說謊，不過，說了一半的眞話而已；另一半，至今待考。

那時，我母親的衣著都已經比村人入時摩登（後來，我回顧她少女時代的相片，又聽姨姨們說，她原就是村中愛打扮的大美人，能跳恰恰、阿哥哥）；

過節回鄉更是「衣錦」，可以大年初一到初九拜天公日日新衣登場娘家——即我外婆的板屋老家：看在女兒眼中，是小規模時裝秀，對鏡脫下紅外套，竟是一件不容我們家族保守目光的黃低胸裝。村人見我們黃家熱鬧，背地裡笑稱我母親是「神祕女子」（多年後，我方知暗喻我母親的錢「來歷不明」）又從島上回來了。

也是那時，我常不肯乘機「吃風」乘舅舅的汽車上鄰近小鎮的老火車站接我母親（免得露面太早而不吃香似的）風塵僕僕歸來（十多個小時的路程！）。我躲房中，聽由鐵網籬門外的汽車熄了引擎也不外跑，又聽她和舅舅、舅母一邊說話，一邊在門檻前脫鞋、推開大門。我的聽覺轉成視覺那刻：正是她推開我們母女房門之時！我見她攜了一個打印「和平旅行社」的藍行李袋回來，臉上不知該派遣哪種神色：又陌生（對她），又興奮（對行李袋內容），又想屏息將那興奮壓下來（出自莫名的自尊）。我擔心自己的任何笑臉都是陪笑，又怕我母親看不起我勢利（要她禮物才笑）：我終於不知所措木呆著臉，眼見我母親又推門上天井和身坐小藤椅上的外婆共曬靜靜午日閒話家常。我自問做不好上天派給的女兒角色；我母親也常常自覺做不好她那邊的角色似的，就永不落空給我帶回滿是補償意味的大小禮物。而「補償」，終究是一個違背事實的字眼。

眼前，我母親還是一枝有風韻的盛花，一頭小波浪掛下「心」形粉臉，中分的髮線有美人尖（我沒有！），口點櫻紅，幾莖很應該的白髮恰好點綴作浪沫。她，又是一件大紅衣，半圈的圓領挖出一個早有頸飾輕輕點示的「胸天」。她外罩圖案空疏的針織白外套，透露底下點點滴滴的紅意；前襟一排金鈕粒粒亮光直下，那光，也是她整體笑容的一部分。

我母親勝在能打扮，敢打扮，不像我對穿上的衣服老是鬧彆扭而顯得衣不稱身：她，我母親，駕馭上身之衣貼貼服服。而這次，自吉隆坡北上會面之前，我面櫥——衣櫥——良久，一件合眼的也挑不出，結果，要求降至最低且原初的品味：又扮清純少女，一件短袖素白襯衣（印有粉紅小豬豬），下配一件緊身藍牛仔褲，扮我母親心目中的「小女」和她「老人家」鬥高下。

我丈夫——「番薯」（外號）可不這麼看我回歸自然本錢的策略，一個大男人管起閑事來，插手入櫥撥動木衣架格隆碰響，拿出了一件件猶還光鮮且潔麗的性感衣服（還散發積久的樟腦丸香，似乎有一種「歲月悠悠，來日方長」的韻味），都是我母親的眼光她的錢。他鬧說，就穿這些吧。我一說需要買別的配搭（其實是內襯，衣料太薄了），我那可恨的「番薯」容不得我偽裝，說，你是要買別的來遮，哈哈。也不知誰有問題，還沒見過有老公要妻子露肉的，他瘋了。我死罵死趕他這礙事的傢伙出去，一人在公寓天光漸漸消退的大房做金蟬脫殼的掙扎。我沒忘記「番薯」的話，你穿得好，別人讚美你，我覺得榮幸。我也沒忘記自己還嘴，原來，我不過是你林某人名下的一件物品？

「番薯」鼠逃離房，坐大廳繼續看他的七點華語新聞播報。我冷靜一想：我難道還不是一樣活在期盼母親的讚美之中？

我們母女互贈一口笑容（也是語言的一種，「笑語」）。母親又率先開口說，菜還不能點，還有客人，快到了。來客是誰，永遠出乎意料。總之，向來的慣例：忙碌且遲到的來客（男的）注定得付錢請客。毫無例外。

接下來無話，我們母女眼望窗口外據報一度遭受海嘯輕微襲擊的沙灘一片退潮，露出了淤泥，（也是據說）上有可怖的泥猴出沒。女侍應倒了兩杯冷水上桌，遞來兩副頗重的銀筷，一些韓式小配菜。

不比老友老同學重逢可以「嘻哈」自然問候，我們從不如此開場；似乎這樣，就坐實我們過去至今都生疏。我們不是「一對」母女，倒像「兩個」獨立且平等的女性。她不說的，我一向都不問。過去，她大概以為我年幼，說也不懂；如今懂事，她不必說的我該也懂了：是不是這樣？

我不知道我母親的事，多半以猜測開始，也從不以印證作結：永遠不清不楚。她接受過一次割瘤手術還是某次回鄉向我也有婦女病的舅母提及，還加了點睛的一句（或「一筆」）：那是四五年前的事了。我那時想：當時她左右有誰？想必有個人吧。我這推測多麼不可靠，充滿了自欺：難道，我爲了原諒自己當時不在場才做這樣的推想？同樣的，我母親江南十日遊，要非她出示照片（水鄉憑欄，坐美人靠上應了那名稱）與衆樂樂，我們還瞞在鼓裡，以爲她這一輩子的足跡最遠就是北方小島而已。她竟是隨團到開放的中國開眼，當了「先知」！我母親總是事後安全地透露（白描）一二冒險的經歷。

（情節下接〈青春〉，也可以略過不讀。）

我母親不時眼越我頭頂，望我們來時光可鑑人的玻璃門。我對我母親笑，她咪笑（「謎笑」）而不透露來者何人。我母親一堆高滑亮的兩腮綻出一口白齒的笑（雙眉也隨著翹笑），我清楚我們共等的人來了。

來客，身材五短，一個殷實商人模樣，皮鞋倒擦得亮（報章男女話題版說，看男人就看鞋）。我母親適才笑笑，我如今才領悟其實包含「準備給你一個驚喜」的意味。我還是不知該稱來客「先生」／「叔叔」。恍如兒時，每見陌生來客就要向親友打眼色求救，也虧我母親接獲，說：「你叫叔叔好了。」

我這女兒遵命喊了一聲。來客還我一笑（牙齒倒整齊；單眼皮的笑）。他坐了下來，也不知爲何，兩隻大掌不擱自己大腿上，而是上了桌沿亮出一隻上鑲橢圓玉石的大金戒指。我想來客不會清楚爲何我一直注視他五官：我找來客可有哪點値得我母親看上，或，又有哪一點像屍骨未寒的林叔叔。我找林叔叔的臉影；要從陌生來客臉上找魂影：找我母親一貫的擇偶標準（如有）。

冤孽，我，一個女兒是要比我母親更記得她的男人（們）。我始終難忘十七歲念高中那年，林叔叔第一次（如今回頭再看，也是唯一一次）公然陪同我母親回民風保守的村落：意義堪稱重大，我母親至少默認了一向的傳聞：她「島上有人」。林叔叔給我的見面禮：一本第三版《牛津高階英漢雙解詞典》（還比近年提倡數理教學英文化的有關當局富有先見地說，「學好英文就是拿國際護照」）、一本《高中古文譯析》（封面藍黃二色，繁體，他似乎忘了我是那個開始接受簡體的世代）。我算是終於得見一個年年派我大紅包的「善長仁翁」（他總是交託我母親）。頭禿、眼碌碌轉的林叔叔和我母親齊高，給我「女身男命」（三世書相士形容）的母親收拾得人前溫順有禮。林叔叔衣著隨便，似乎是百貨公司打折一次購買多件的名牌貨色，腳穿巧克力色拖鞋；人呢，私下倒有隨和的江湖氣，老用泰語說「沒關係」，音譯「那便來」；還教了我一句問好的泰語，音譯竟是「收 Credit Card」。

那一夜，林叔叔連同我母親借宿我外婆板屋樓上的空房，原是（注意這兩個字眼！）我和我母親一房，他一人一房；但，兩房僅隔一道板牆而已。我們村落十點以後全暗了下來，引得狗吠的，據稱不過是些開始出沒的魂靈。我進房，亮燈，推倒兩張豎靠板牆的床褥。鋪好，選床位，我熄燈臥等我母親來塡另一床的空白。我母親的上樓由老木梯「碰」「碰」透露，推門見我躺臥就以爲女兒睡了，也不開燈驚醒我，提一提寬鬆的睡衣，尖起腳走前我旁邊的床位，樓板還是起了輕微的震響。

我翻個身，背後又聞門開，樓板又一陣起響：然後，兩人屏息絮絮低語。門，跟著帶上了：我在內，他們在外。我大膽又一翻，我母親的床位果然一個空。我起不了身，終宵想她爲什麼當衆哄說跟我一塊睡？她以爲可以瞞我？

翌日早上，他們倆老早在後廚和我外婆有說有笑。是的，討好老人家掠取芳心？見我一路踏著老木梯下來，他們——尤其林叔叔，笑著說：「你母親買了你愛吃的麵條。」

是買，還是「收買」？我上了一回廁所，閉門坐馬桶上想了一遍：身爲女兒，我就恨自己不能過問。她對我供養不斷，家裡才有好顏色，我還吵？我花的錢，極有可能就是那個男的！回想大廳那兩個人影，他們又臉無異樣，似乎不介意我洞悉任何祕密——公開的祕密。

林叔叔就來那麼一次而已，似乎過了四天三晚（「似乎」，記憶漸漸不可靠），後兩晚我母親很遲才入我們房間：北方都市人大概不慣早睡。每逢年關，大家見我母親沒再帶林叔叔回來（紅包倒是照派給我），也都識趣不問；

有人問，她一貫的作風：笑。

整個初中，我早懷心理準備北上觀禮，目睹我母親重披婚紗（喊另一個人「爸爸」）；她偏不這樣定案，還有後四十回待下筆：墨還在磨，旁客都等壞了。私下我那些姨姨倒是欣羨我母親到了這把年紀還命帶桃花，不像她們一頭栽進小村重複日常磨難：相夫，燒飯，教子。我也配合她們這種想法覺得母親乃超越世俗的奇女子也。我覺得告慰，想：是的，桃花伴她孤影。許多年前，相士（一個年約二十出頭的孤女，住一間小廟裡）翻三世書老早說，她不祇命硬，還帶一樹豐腴的桃花。

還好，圓桌，兼鋪上充滿喜氣的粉紅桌布；要是四角桌，塡了三人，必空一角。眼前三人，是的，三（在我永遠是個奇異的單數，彷佛能起破壞作用）。五張椅子，我們各隔一張鐵三角似的坐好。

來客負責點菜，母親兩頭忙，請示我，也不忘附和他。過後，來客問我母親，不見你的女婿？我母親才大悟過來，說，對啊，你不提，我也忘了問。我答，他忙。

從我約會至結婚，我母親一直扮演開明的家長，鮮少過問；不然，就是她忘了老遠家鄉有女初長成。我最初將約會當作一個可以換取更多關注的寶貴祕密，滿心以爲稍露一些風色，會引得她好奇並追問更多更多細節（我連怎麼回答的口氣都備好）；那麼，我就占上風可以要提不提，玩貓捉老鼠。沒有，母親聽了自己的女兒交男友，竟是贈我四字真言——「帶眼識人」而已（「小心不要掉入貓口，你這老鼠！」）。

或許，她似乎以爲我能以她的婚姻當反面教材，吸收戀愛教訓。我想：她不問，也不過要我一樣不過問她的種種：公平的交易。母女交換祕密，她才不上這當；我始終還站在她桃花世界門外窺望。

高中畢業待升大學先修班那段空白期，找工前，我夜乘火車北上探母，臥鋪上老是不安：女探母還好，我疑心自己不是探訪，而是有意偵探我母親人在北方的實際生活：我，一個要命的小偵探，乘東方列車北上揭密去也。

火車到站，得轉乘渡輪過海二十分鐘，才能入島心一窺別有洞天的桃花世界。來接我者可不是預期的雙人行，獨有我母親一人嬌立碼頭走道的盡頭而已。也不知哪來的勇氣，我見缺了一個熟悉的人影，就問，林叔叔不來？我母親不愧應對的高手，笑說，我回來，他才來接，你有我就夠了。

我母親說，天亮前，島上得士開獅口索高價。她到底還是招了一輛，對司機說「大世界」（遊樂場早拆了，徒留地名），領我回她住所。其實，那是一棟戰前老房子，她租了臨街三角形的主人房而已，安下了一張雙人床，一個梳妝檯，一根竹竿（一頭在衣櫥頂，一頭在窗口）吊衣架掛毛巾。母親將窗關得不透風，鬧說馬路車多塵多，她鼻子過敏，梳妝檯上確實有一罐罐丞燕保健品。但，某日趁母親十二點上班後，我還是拔門開窗，隔條街天主教堂灰色塔尖馬上入目，一個十字頂著雲悠悠的灰藍天，旁有高樹的綠冠透著破碎的半片天影。不知因何，我心裡瘋狂且無聲地對著母親難得一見的這道家常景觀喊：救贖！救贖！救贖！對街一間水族館，顯然靠著一棵老榕樹的庇佑給搭建起來的；停了幾輛電單車在門外，都還在龐大樹蔭的籠罩範圍內帶點銀光泛綠。

我關窗，少了車聲，卻聞樓下電視聲再度分明，是方太太教你煮菜的下午婦女節目。女老房東電視迷一個，坐天井處的一張沙發上消磨，老乳垂垂然欲滴，幾乎可以捧在手心上。她喜穿無袖花衣，露骨瘦的兩隻長臂（可能瘦而造成「長」的錯覺），架一副金框老花眼鏡，用福建話喊我母親「新萍」（聽來如中文的「新兵」），喊我「新萍的女兒」（聽來，彷彿我是母親的寶貝）。她清早下樓必泡一壺黑咖啡和我母親共飲；衣洗好，一件件套上塑膠衣架，拿一根長鈎掛上高空的鋼線（曬乾，同樣步驟）；下廚，她和我母親分站不同煤氣爐，一人負責一樣，還要我母親嘗嘗，說是人老舌鈍，不能吃太多鹽，又會錯撒過多；待我母親上班後，剩我和女房東（或我母親口中的「安娣」）共對清早開到至夜進寢的老電視（還有折門可以拉合熒幕）。偶爾，後巷有貓縮一縮身，穿經鐵柵，輕輕走到安娣沙發下蜷成一團午睡。有時，我則上母親的房間又忍不住推開了窗，眼見對面老房子的屋脊上又走著一頭獨行貓；屋脊背後，又是救贖意味的十字架。

我不再是來調查我母親的小偵探；我能查的無非是「新萍」（我得加引號，一個完全陌生的名字！）不想，我母親在島上竟然別有一重身分。我母親頭一天就私下躲樓上解釋說，我怕你父親找上門，當年一來這裡就改了這個名字，大家就新萍新萍那樣叫開了。

我在島上七天遊，扮演安娣口中的「新萍的女兒」，偶和母親外遊島上景點，彷彿集中補充童年不曾共度的假期。我們的旅程：某日清早和母親乘青巴士趕上升旗山腳下的站口，坐纜車登山，聽我母親一臉孩童的癡笑說，我還沒來過（前一晚向安娣問好巴士號碼）呢；到頂峰，隔欄杆可見山腳下檳島與威省隱約出沒雲海之中，還有一條當時入榜世界前幾名的檳威大橋細細橋身（建竣，還發郵票、首日封紀念）；下山後，轉極樂寺，走一層層有遮棚的梯級上去看放生池大龜疊羅漢，沿途有含羞草，我即蹲下來弄它閉合；某日，我們則走進靠海靜靜小街，一排戰前老房子中間有出入口，踏步大石板前進，左右兩旁又是尋常百姓人家，盡頭一道作屏的橫牆兩端各有一徑，我們選了其一拐入，華麗輝煌的邱氏宗祠巍然立等，前有雄雌石獅，一片細細青網自屋頂撒落半空，據說防燕、鴿築巢；許多時候，我和我母親一人開一小傘，無語穿過島上街巷，人稀的路上物影斜長，街巷顯得幽深了。

七天假期下來，我見林叔叔數面而已。他騎電單車領我吃遍小食，環繞舊關仔角、新關仔角兜風，停車背向一排海松坐海堤上吹午風；相反，某日午飯，母親則將我領到離住所不遠的咖啡店（上題「天安餐室」），裡邊一桌子退休的老先生（老闆樣，穿著都比林叔叔好）恭候，見到女皇大駕，都站了起來。兩個空位留給我們，我獨不見林叔叔在裡邊，很怪。聽說是「新萍的女兒」，大家拿眼看我（或者「我們」，似乎比對母女；不然，就是拿他們記憶中我母親從前的模樣和現在的我比對）；我這後輩衹好擔起倒茉莉香片的任務，叫遍了一桌子的「叔叔」喝茶：吃畢，我母親說，可以走了（也不需付帳，一桌的叔叔還笑說，玩得開心點）。上了街，彷彿需要解釋，我母親笑著對我說，他們說要看新萍的女兒，我就給他們看看我女兒，我年輕的時候。而我，始終沒有到過我母親工作的地方，也不敢鬧著要去。

我結婚那年，我母親又自那北方小島回我們小鎮替我梳頭，目送女兒出嫁到吉隆坡。我一個個姨姨鬧說，你女兒穿完了你再穿（指婚紗）。我母親小媳婦模樣叉個腰，笑說，你看你看，我穿不下去了。大家一陣笑帶過，而我母親「桃花依舊笑春風」，遙立北方土壤。

二十九歲年初二回娘家（其實外婆家），我碰上自島回來的母親，聽她說，昨天（年初一！）接到林叔叔在島上爆血管的消息。我問她要不要趕回去，我母親說再看，再等消息。隔天傳來消息：林叔叔去世（即使搶救回來，也是植物人，大家不說都懂：兩難）。女相士的形容（「女身男命，一生婚姻不如意」）又回我的腦。

我母親在小鎮不慌不急過完整個新年（還拜天公），始終未以未亡人的身分或姿態倉促離去。當然，某個下午進母女小房並躺兩個枕頭上午休時，她先是臉朝空中露笑，然後轉頭（露出一管秀挺的鼻子）向我，一人自言自語：「輪不到我處理這些後事，他有他的人。」

用餐一半，來客說，這一頓由我來付。事忙必須先走，他也爲自己的早退編造一大段話（諸如「你們母女難得聚會」之類），我們母女臉無異色，付錢彷彿是他的本分。母親竟是沒有費唇挽留，似乎熟知他的脾性，由著他走；也可以說，芳心已摘，他也不必討好我這「小女」。我母親不也讓步？對方的坦然顯示：他把握十足。

不期然，我是要想起林叔叔一臉和藹的光色，那江湖氣極重的老好人！我想起：婚前某年我陪同「番薯」上小島公幹兩天一夜，林叔叔黃昏時巴巴摸上我們住宿的五洲酒店七樓，就爲了遞一袋子水果（有橙，有我愛吃的青蘋果，有火龍果）給我們兩個小的，說，你母親告訴我你們住這裡，還不難找呢，

（很得意自己是島上識途老馬的樣子）。唉，林叔叔，完全是桃花女皇麾下的小兵一個而已！

還有，某個凌晨我和「番薯」抵步島上，拍木門喊我母親之名，鬧醒她一身寬鬆睡衣下樓開門。我和「番薯」上樓進我母親大房，卻見林叔叔赤膊躺大床上。我們兩小自覺撞破好事那樣，頭低看套襪的雙腳，手上行李都不懂擱下了；站著，似乎要逼醒人家穿衣離去似的。果然，我母親也不多說，伸手壁上開關亮了房中一燈，林叔叔趕緊穿衣扣鈕離房登登跑下樓了。我們尷尬得不懂該說什麼，母親卻笑問，要不要先睡上一回才上街玩？

當然，當然，我這一輩子也不會輕忘：林叔叔去世後不久，我單飛台灣旅行前先北上小島小住兩日；花半天和母親共乘青巴士上白雲山歸眞閣骨灰塔拜拜「住一樓」的林叔叔。上街買水果、祭品，我邊走新雨之後的幾條濕街邊急著臉忙說，由我出錢由我出錢；即使付錢那刻還是重申：我是傻了，我母親從來就是不會和人搶著付錢的女子，何況，是我要給林叔叔的祭品。事後回憶，我老是以爲那日天陰下小雨——那不可靠的「雨」和「濕路」印象，也許純粹是我應和哀悼、懷念的心情而腦中虛構的「自然」現象而已。也許。

那種種受過的「恩惠」，看來我是要記得到老。當我母親漸漸遺忘並與新歡作對時，我卻挽記林叔叔的種種：我究竟有什麼居心？是要和我母親作對？爲何剛才我又不搶付這一頓的帳單？

我臉苦笑一聲，卻聽我母親說：天很美，你看。我看了我母親輪廓依然分明的側臉，再轉頭齊看窗外晚來天。

原作題目〈三個人的晚餐〉

獲一九九九年第十二屆馬來西亞全國大專文學獎小說組第三名

收入梁靖芬等著《偵輯陳年》

二〇〇六年二月重寫

鰥

他、梅氏夫婦、兩位社會新鮮人（女的）遠在下雨之前就約好：下班非到中華樓吃海鮮不可。五人共車，上餐館必經他家，正好給了他莫大機會換下一身工作服，另展不同形象。他說，一陣而已。車上四人靜聽，後座兩位小姐含笑，給他讀出心思（說：愛美），可惡。

以爲不過逗留片刻而已，自雨中門外進屋至上樓爲止，他倒眞的未隨手亮哪怕一燈。暗中知路，皮鞋擦地疾行，他免撞了一個個家具構組的路障。就外人看來，太多東西丟也不妨，用不著（或不合時宜）；然而，他一人和許多不據寸土的灰魂同居，又哪需騰出實際的空間？要是出租空房，（想深），他又不願屋內多添陌生臉孔，侵犯種種溫馨回憶的維持。撇開這些，誰又會相中車位有限的戰前老屋？

從客廳轉後堂樓梯口，沿老木梯朝樓上的蝸居爬登。說是屋主，他倒像房客，少下樓逗留——尤其老母死後，「家」只是樓上一房而已。老母尙在時，他會和她一起在祖傳冰冷八角雲石桌上吃飯，看報，聊一街的是非。甚至，他會從客廳走到天井倚門瞧老母蹲身霍霍洗切菜蔬。又或，進黑落落的廚房，見老母用火剪敲黑炭作碎塊，以火種點燃「紅泥小火爐」，慢慢引亮破曉天。老母一派先知的口吻，總說，學起來，將來有用的。當時，還早呢，母親就看死年過三十的他不會娶妻，要命。

老母謝世後，他夜半偶會聽見喵喵聲，心想老人家終究無法忘懷工作一輩子的地方，趁天亮之前化作大黑貓回來巡視了。想必，她老人家又要失望了，孩子沒有下廚不說，也不找個媳婦打理，炊火、香火一塊斷絕了，唉。

現在，他難免得經客廳，卻無人令他停步了。

許多東西日養蜘蛛絲當消遣。他鼻子過敏，灰塵稍揚，淚涕齊下；也從未動念戴口罩收拾，屋子太深長了，不懂要賠上多少日漸寶貴的時日才能還原淨貌。念及母親生前對抗屋子老化不敵而先自老化陣亡，他這大好青年，才不奉陪。他不好意思要同性幫手：極有可能，他們這些人就像他，從小不曾在家打上多少指紋！至於異性，不就給個機會發現他如此之不顧衛生？那，不得了。

據聞許多女性怕老鼠蟑螂壁虎之類的，各有一懼；他何嘗不是樣樣迴避，從不驚擾樓下客廳、天井、廚房成千上萬的「原住民」（輩分比他大，個個「老祖宗」）。果眞迎面碰上了，他引老母老話：那些壁虎蟑螂極有可能就是你公公婆婆，放條生路吧。老母死後，他越發不趕殺，怕誤殺。

所以，他經過了整個樓下而已。

上樓望左，一間主人房臨街。父母生前從結婚那刻住到老死，在那大床上繁殖他們多位兄弟。除了兒時母親懷抱進出滾動床間；成年後，都趁父母不在才入室。第一次，他倒是獲得許可的：母親留院動膽結石手術，吩咐他打掃，大房臨街而塵多；衣服塞洗衣機，天黑前收上（莫曬月，鬧鬼），歸疊大櫥。

如果那天沒有打開大櫥，他以後肯定不會再三瞞人潛進。那大櫥收藏全家重要文件（如他和弟弟們的報生紙，凡學校要文件，母親必說，我進大櫥拿）；待他終於可以親手打開久聞的大櫥之謎時，心裡自是「忐忑忐忑」。

雙門一拉開，樣樣齊整，其中一面上下共四格，之間有個抽屜，另一面倒沒有分割，頂端一棍橫架，垂垂然都是女裝，下有母親內衣褲、衛生棉（「私語」，他憑電視廣告牌認識）。措手不及，他驚見櫥中有人！唉，原來，他自己。每次臨鏡先有心理準備；哪像今天，完全是個意外，他碰見櫥鏡不說，還碰見高大影中人！這躲著的櫥鏡，奪魂。

他不敢多看，又忍不住回看鏡中人，玩一種自創的遊戲：低頭，抬頭，低頭，抬頭。他氣，他就是看不見低頭的鏡中人（他自己）；他非得抬頭，才能窺見另一端左右顛倒的自己：弔詭。一抬頭，就似乎便宜了那櫥鏡似的。

他依櫥格將父親的內褲、鷹塔標汗衫、短褲逐一堆上。衹一會，不懂為何，他又藉「整理」的名義（父親懶拿底下衣，來去穿那上頭幾件）乾脆將整疊汗衫搬下，而起了父親的底似的，他摸到盒狀物。雖已初懂人事，還是吃驚好奇，拿了起來看半天，終究不敢打開套用。櫥格深處還別藏一卷沒有標明的錄影帶，引得他走往房前，推下了門閂。

他如此冷靜：一部分曬好的衣服堆上去，一部分留床間（要是緊急時，可以避嫌疑，充作他整理房間的道具和證據）。他開電視，調低聲量，開播。之後無數個下午，他就專候屋內無人，進密室，釋放暗中一卷卷錄影帶重見光明；不然，則久待廁所，腦中企圖重播一系列鏡頭爲樂。終於有那麼一次，實在忍不住了，就在父母大床上鋪好紙巾，遺了一灘精。之後，更多個下午，他會想像房裡頭可能又有新畫面安全藏著等他；不比在校，眼見一些同學傻乎乎冒險交換，巡察員突擊搜查書包，落網了好幾個：他在家裡卻一直很安全且自私地從事冒險（祇和父親「暗地裡」分享）。度過了那青春期，老師還道他好學生，父母還道他好孩子，想來好笑。

現在，他偶會前往夜市找，夜裡一人滋滋重溫；果眞難耐，緊摟抱枕努動，耳聞自己男低音獨唱而達高潮爲止。換床單，他發覺自己的床墊一張老人臉，圈點無數。

從父母前後去世至今，他從未膽敢再入密室，深恐自己按捺不住好奇，一掀床單：數十年老床有上萬「蟑螂印」，分不清究竟口水、尿跡、精液（他的，還是父親的，弟弟們的？）……

所以，他衹看了一眼這空房，又往右邊拐去。

第一間房：曾經和四個弟弟擠度好些年光，五人床褥橫排。吵鬧，打架，家常事；年長以後，父母添置一臺電視，吵鬧更厲害。值得回憶的事件，多半忘了（極有可能不願回憶）。

所以，他衹是踏地板上的漆布，走了過去，逕走樓上後尾房。

那房原是出租給一對罕言得難留印象的年輕夫婦。待他們買了房子，就空了出來，由他和大弟弟住進去。現在，大弟弟遠在吉隆坡創業定居。之前另一房的二弟、三弟、四弟都接二連三往外謀生，養半打叫他大伯的小孩。他一天沒搬出這老家，就養不成孩子似的。這又有什麼關係？他又不愛小孩。如此翻想，「心中無事一床寬」了。

還好，他弟弟們也從來不像外人心疑他的性傾向，他們大抵記得他曾帶一女回來，以為老哥至今難忘舊愛而已。當然，他也不忘那就是他至今為止的初戀，似乎，永遠也都還停留「初戀」階段（沒有第二、第三春……來證明「初」字代表「過去」的意味，完全違背字義）。不知爲何，常常週日下午，陽光經窗欄分化作「五指」（約數而已）伸進時，他又會記起多年以前某個下午：有女埋首他胯間起落，他手摸那滑溜的短髮而亢奮。她從不抬頭，埋頭苦幹而已。他僅能閉目想像黑髮下的臉，想著「女奴」，而不是「女友」，一炮又盡了。

後來，某次傳銷大會上「單方面偶遇」（她沒有曾見他）女方手拖一個小孩，他才驚覺心理傷口從未痊癒（就像他自父母身上遺傳血糖問題，生理傷口也不易癒合）。

他以爲自己情長，迷《情長路更長》這首歌；他從不缺女子愛慕，而難得接受一個。年屆三十，他不曾單獨和任何一個（而不是「一位」）約會，集體出門爲妙。她們都猜不出他的心思，以爲機會同等。天曉得，年輕的，他怕力不從心；同齡的，他畏懼虎狼之年：最終，兩難。他耳聞（母親報告）弟弟們如何臣服於雌威、婆媳吵鬧，他自問沒有給老母多添麻煩，感天謝地。母親可不這麼想，自找麻煩地勤加安排遠親來訪，必見那些老的隨身有個女孩別有「用意」，以「作陪」名義前來，看他，也準備給他看。待弟弟們陸續搬離，反哺重任落他一人身上，大家又都不關切他的終身大事了，由著「兩老」（他和母親）相伴。

所以，他的雙腳自皮鞋解放出來，推開那從來用不著上鎖的房門，向黑暗角落走去，拉開一度和大弟弟共用的衣櫥。似乎，燈不亮也行，他蹲下拿出發黃白底褲，又打算換上衣，站起來撥動衣架，始終沒有合意的。

急中，記起一年前買下的淡黃上衣，又矮下身衣堆裡翻。翻到最深處，每件都不可取。又開另一面衣櫥，雙手入暗中挖尋（他向來能憑衣料質地辨認）。不想，給他又摸及書本狀物體。抽拿起來，推開窗扉引渡暗淡的天光，他開始翻。第一頁：祖父母超過半世紀的結婚照、難產而死的祖母個人照，都黑白；第二頁：他父母個別的年輕照，結婚照，黑白彩色皆有；之後數頁，有他孩童照，小學中學照；接著，一片等他塡補的空白。翻翻翻，翻到最後，都沒半點人影！他省起多年以前費心排列，之後，再拍的許多照片（都是些次要的公司群體照）統統忘收其中。他再從那一疊空白中翻回頭，最後收進去的竟是和初戀女友合拍的老照（登山手打V字合照，當年十七八歲），僅存的一張。分手後他大有古人遺風，燒光紙類（照片，情書）祭舊情。反而，後來衆多追求者（是的，同性也有）所寄來的書信他倒保管極好，愼收書桌抽屜；如同之後即使不愛那些異性，他對她們總是有求必應，事事必辦，偷偷享受別人感激中帶有愛慕的癡迷目光。

外頭雨大，他的視線落在最後那張照片的男孩，好像父親眼望一個夭折多年的孩子。他陌生且驚訝，影中人竟是眼前翻相簿的自己，唉。

祇翻一下，又將相簿合上，佇思。「叩」一聲，缸中龜爬出外頭不成，帶殼翻身驚醒夢中人了。是的，有一回龜得以爬出，工作歸來見牠在書桌上還是反復走動，沒有去遠：龜和養龜人終究同個天地。之後，換這個較大的塑膠缸，加囚，又見老大了。

他隨抓一衣上身，藏好那本相簿，暗中向穿衣鏡索影一番。再開房門，走下底樓；經後堂和客廳，出去。關上身後門，交由黑暗放牧灰魂自由活動。

車還停原處等他。見他冒雨，後座二女忙急擠讓一個位。她們齊聲說，換衣不打傘，白換。

一車五人雨中行，他卻獨自惦記暗中的老相簿：也許祖父母爸媽趁他不在，正翻看。然後，他們可能翻到下半部一片空白而吃驚。也許他們會以爲他還十七八歲，不久就會和影中女結婚生子，生寶寶稱呼阿公阿嬤。

五人吃飯熱鬧，節省，還有不爲人知的作媒功能悄然發揮。梅氏夫婦私下多番有意撮合，問他喜歡哪個，他幾乎可以任選。他懷疑梅太太不知是哪個暗賄的探子，他笑笑置之，不露絲毫口風。五人，一人點一樣菜，他多半要魚。相熟中華樓女侍應總是請他魚缸前挑選，他不過看看，隨指哪條，哪條就遭殃，殘酷的快意固有，他卻時時回不過神來，才下決定，就馬上反省自己的決定了。老早開了點魚的先例，他接下來每次祇好成了專任：不祇挑，還需決定如何用刑：清蒸、紅燒、切片等。

魚缸擺燈下，他彎身選挑那刻，有點吃驚於玻璃缸面上一會反映自己模糊的面影，一會又見魚游。他隨便要了一條，清蒸（用刑少一些，而且，全屍）。

回桌，他加入談天，談：雨下四五小時，島上必成澤鄉。他說，他家從未水災，外頭溝渠深，很安全；要是他家淹水，全島覆沒。有人鬧說，就不見你請我們參觀你家。他笑說，男人也有自己的閨房。

餐廳出奇人少，只有三桌客人（包括他們）。一桌：兩個中年男子臉帶紅，桌見瓶林。靠近店口，另一桌，則是小家庭：夫妻，還有小女高坐嬰孩椅。男的臉孔還嫩，就當父親，唉。女的如何，他沒法一睹，背影倒是胖的，乍看，坐著，坐大了整個屁股似的。他總能明白且體諒年少氣盛所致的，唉，完全是「意外」才造就了這個三人小家庭，可憐可悲。

這一頓飯之間，大家話比往日少，似乎，都在想像溝渠滿溢，會鬧水災。清蒸魚在筷子齊動間剩骨。梅太太如同往常又建議，由他獨占「鰲首」，他爽快地點個頭。

不遠處椅響，他見那女的站立，卻是懷胎（猜是第二胎）身形，臉還少女樣。她抱椅上小孩，由她落地走。照情況推測，她再懷胎，追男而已。才這麼年輕。會不會又是個女的？不論如何，一個未來就在她肚裡可怕地孕育。

小女孩至少三歲，搶前頭邁步，爲人母者不斷喊，勢要她回來。她卻朝他的方向搖搖晃晃跑起來，半路，小腳一軟，大有跌倒之危。他好心扶她起來，卻換得爲人母者的一句：對伯伯說謝謝（天啊！不是哥哥）。一桌子的人臉直僵起來。

女孩久久不語，不認生父似的，嘴巴有點噘，俗說「可以吊菜籃」。爲人母者對他尷尬一笑。他清楚，是個意外而已。天啊，那不可原諒的意外！如果，如果二十多年前在他那間房發生意外，今天他的女兒年紀可能更大，甚至，就是這孕婦的年齡。沒有，那時他到底猶疑，沒有勇氣（並非替她著想，而是，他怕自己的未來就凍結一胎之中毀了）。當時，頻聞同齡朋友鬧「意外」而榮升父親，他每要慶幸自己能「臨崖勒馬」，沒下婚姻深谷。他一直安全走來，走到眼前這一刻，身後事物擦身過去，與時俱滅。不是沒有想過……當初沒有分手，她在聚餐會上手拖那個小孩就會是他的骨肉。是她害的，她由著他等。唯有這樣想，他也許才能原諒自己可怖的想像：祖父母、爸媽聽雨翻老相簿，他們可能又必須翻過另一個空白的十年了。他似乎遙聞一聲，也不知來自他心房，還是家中暗房，總之，一聲長嘆又回來了：唉。

二〇〇一年十一月二十七日至十二月十一日
《南洋商報・南洋文藝》，分五期刊登
二〇〇六年二月修改

腳車上的笑

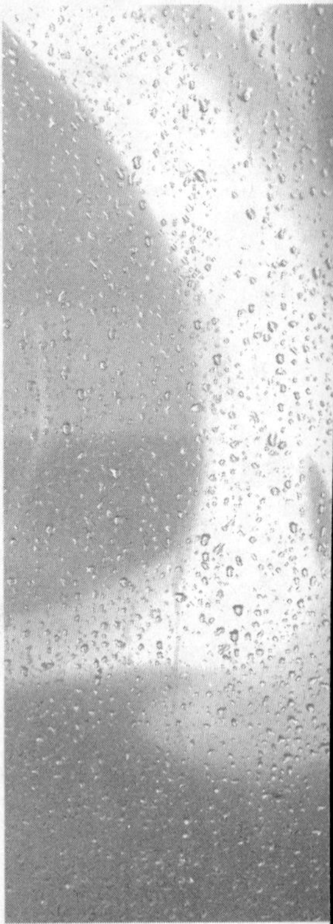

等父親醒，一塊買腳車。不過，還有較正確的說法：是孩子等父親領他買腳車。

等的同時，他全無概念要買哪個款式。是的，家中早有一輛，哥哥的，他偷跨坐而俯身握車把，姿勢有型，下體卻因椅座礙痛，不能要。而且，同款，哥哥會笑。只要父親帶他選購，他一定會要自己的一款。

家，戰前老房子，一條樓梯通上下二層而有聲，是怎麼彈都響亮的老鋼琴。他在雲石飯桌上做畢不少功課，看壁鐘，等梯響。偏，那樓梯這一日生出一個久長的靜午，無聲得叫人發急：近乎四點。

沒有，還是無息。又過十五分鐘，數學作業簿收起。沒有下樓聲，卻聞上樓聲，步慢而特響，他登登走了上去，勢要房裡人醒知（時刻不早）。

沒有，房裡還是無聲呼應走廊燈下人影。右走盡頭房，開父親房門，不知睡躺還是醒臥：總之，一人橫陳。他祇好地板上坐望，要望醒床間那人，要對方感知他眼因憤怒而噴發的灼熱。

爲人父者醒，見孩子，還沒啓口，就聽孩子下話，你說要帶我去買腳車的。還有下一句那孩子不敢道出（時候不早，店快關了）。父親省起，伸手床邊衣鈎，抓一條短褲，下床背對孩子露兩瓣屁股而換上。

樓下天井有鏡，一大一小兩個人替換鏡中面影，輪番梳頭。爲人父者，牙不刷，倒不忘洗把臉。餘者（剩往哪間腳車店，買什麼腳車），外出，統統可以解決，父親口袋現鈔一疊疊。

爲人父者領前，孩子跟後，走著，路不對了。他趕在前問，我們到底要去哪裡？（他懂，腳下那條路往下走，通專賣二手貨的香港巷。）父親說，我們去看二手腳車。爲人父者說畢，就走，孩子落後，走得更慢，氣正騰升，念及哥哥那一輛新腳車同一個口袋的錢，益氣。望父親背影，那氣飽蓄而慌急，淚紛紛下擋前路。他趨前，給父親看自己下淚。爲人父者見之，他乘勢努嘴說，我不要二手腳車（就是不敢直說：要一輛新的）。

爲人父者軟語說，你糊塗，常發生意外，還是買二手腳車較好。他一時止淚，畢竟，父親言中事實。可是，父親買一輛新的給哥哥，而且老早買好，等長子騎上學。果眞買二手的跟哥哥新的並停一塊，日日對比，會受不了。那豈不再給哥哥嘲笑？笑他：常鬧意外，爸爸就給你買一輛二手的，不買新的。

光想自己一路成績比哥哥好，不賭博，不白講電話，不打扮，買一輛新的給他也就有理。他說了出來，買一輛新的，我自己撞壞也甘願。他說了就趕快止話，眼躲著父親的表情，耳卻聽等回答。

兩個人也沒有回頭，直穿二手貨街，太陽午收，地攤卻是開擺，手錶，郵票，古董。還好，那條街獨缺二手腳車店，安全涉經，盡頭大路俗稱棺材街。他抑忍得意，要父親望對過，前面還有一間仍開的，是，新腳車店。

老闆於地安插一輪之車輻，說，最新腳車款式——爬山腳車，可換排檔，指店裡紅藍一排腳車。他走進去，看也不懂，騎過方知。爲人父者祇問，你喜歡嗎？他倒不能即說，看腳車，又看父親。爲人父者會意，走前跟老闆出價，留孩子跟一排腳車一起，紅藍之間，挑一。

紅，要紅的。老闆自一排中推出一輛，推下店外行人道，交付他手上。爲人父者拿幾張大鈔往店裡邊走，老闆開抽屜，收下。爲人父者步出，見還在抽長的孩子跨上，踩動，搖晃。

腳車新，需適應，那孩子難免像個初學者。爲人父者站原地上，目送孩子頭也不回騎遠，心道：想必技術還差，他（孩子）害怕回頭就翻。他開始提步，耳聽拖鞋擦路面沙響，尾隨家去。

腳車上的少年往前看，一臉的笑迎向午風。隔了一會，記起之前的眼淚，他止笑而止不住——更狂放的笑上掀唇眼六個角，那是，對不起自己眼淚的笑。

前路紛紛，後面走著一個髮眉皆白的老人家。路上，大小車輪轉動，盡是歲月。

二〇〇四年初稿
二〇〇六年一月修改

把孩子叫回來

李老太太到老還是寄宿印刷社後房。夜裡，也不無貢獻：戴老花眼鏡摸下長梯，蹲身巡視一架架機械，細查壁上開關。

她個子小，看了，總是不見老。李老先生過身前三年乃穿尿片臥床挨度，她只好陪瘦；待先生死後，也不見得她再胖——是眞的老了，乾枯了，所以身材才走清瘦路線。

過年，李老太太外甥女大小一家壓境，最是叫她心驚。小孩腳跟所到處，樓板盡是受罪地砰砰響。須知，那戰前老屋改成的印刷社早已暗中偷梁換柱而漸漸老朽，不堪小兵胡鬧，會塌的。他們小房下了一道布帘嚴防來客，她一閃進裡邊開櫥拿紅包，小孩們就尾隨，討喜地喊她姨婆祖，然後噤聲。見有人影暗中躺臥，他們紛紛聚附她的身後作百子千孫圖。外頭沙發上，爲人父母者從不進去，祇會坐喊她分不清的一堆「阿阿」響乳名而已。待她一掀布帘，小孩們又搶在前頭出來了（像重新投胎），躲角落拆紅包比較。

平日黃昏，亮了房外一燈，光經帘腳進房，病人偶會覺得那一線之光的照明恰好（希望的象徵）；有時，則鬧刺眼。長夜就這樣乘火車似的開始了，一站站停，一站站女睡客給搖醒了（男睡客夜尿，喝水，咳嗽）：少年夫妻，老來伴。先生死後，夜還是長的，火車又繼續開，由著她一人獨坐而更覺得老慢。

時間多了出來，她勤上老同學秀葉家走動面談。出門一傘在握，特意穿經那間新開張的購物中心享了一陣冷氣福，然後到光大高樓底下總是黑烏烏的總車站乘青巴士到龜尾山莊去，手裡握著零錢，都是她一個人的錢了。一站站停的車程著實顛簸，也就特別覺得往深山探友去了。有一次當面談到二哥進明如何之不長進，又不免提了入土形銷的老李做對比。她沒忘老李病中一度要她找紙筆，說要畫畫。結果，筆紙一起給他找來了，畫得意料中一塌糊塗，手跟不上腦。她微笑著說，也不容得秀葉不陪笑靜聽。秀葉良久之後才加一句：「他至少有妳。」話裡有著酸楚的個人經驗之談兼安慰之意。秀葉一直單身處世，四十幾歲還動手術，剩一隻乳房單掛著。二女絮絮談心，似乎打回了原形——

還是少女同窗時代一般課後「八卦」。那時候她不叫李老太太，人稱金英。

老李死後，她就清楚自己這個未亡人又變「金英」，生命的尾端銜著開端，一個圈狀。步送老李最後一程，靈車尾隨浩浩蕩蕩一群人，其中有她。不過沿老李生前走過的街前街後打個圈，去遠不行。以前還有交通圈可以轉回頭，如今，這島城處處給改成了單程公路，走遠一點一去不回頭，直到山間焚化場。所幸，老李埋首畫了一輩子圖畫——專畫廣告，上班過對面廣告社而已，也是走不遠的。老李——印尼華僑，排華時期北渡檳島，數十年過去了，隔一道馬六甲海峽老死異鄉，也還算是走不遠的。他們住那一條街外的大路素以多棺材店書店見稱，出殯經過了棺材店，但見一具具棺材架在前後四隻板凳上像待要起航的船隻。老李就要啓程了，回原來的對岸（也是「彼岸」），她想。

老李身在印尼棉蘭老家的姊姊年事高，不來奔喪自是可以理解的。她撥了一通長途電話過去純粹通知，盡妻之最後義務。除了通知老李死了，究竟還想通知什麼?有一陣子老李這個姊姊虧他們接濟。待一個個孩子長大、出國歸來後，姊姊富裕起來，常給他們寄一些名貴的食物，對老人實在不宜的巧克力寄得尤其多。這麼會買巧克力，可見送者口味。她有一次直問老李：「你姊姊喜歡吃巧克力？」老李說：「我小時候喜歡吃，她就記得了。」做姊姊的，忘了弟弟也會老大。秀葉來她家作客，她們兩個老少女有節制地吃了一兩粒，然後拚命喝水，沖淡之再沖淡，享受而不忘反悔。吃完了巧克力，往往剩下冰冷的鐵盒金亮著，當針盒又嫌太多了。老李的姊姊不會再送巧克力了，一想如此，她停手往盒子裡探。

等二哥進明來時，她一臉興致拿了出來，給他吃完，算他吃完的。二哥到老未娶，年輕時外出工作，吃了一點苦，母親就要他辭職，把孩子叫回來重新養在深閨：沒有一份工做得久長。兩個人走一塊，她看來更像姊姊。幸虧大哥經營一間電器店有成，把進明叫去幫手，站櫃檯背後防小偷，當第二副電眼。人問有何貨色，進明是不答的，也不叫別的售貨員幫手，光站著而已。他不喜歡別人當他員工，視他皇親國戚又不同，進門的顧客應該看得出他與衆不同。妹夫死之前，進明染上喝酒，下班約同事到附近街角咖啡店喝到瓶子東歪西倒爲止。名爲「約」，其實，他幾乎天天答應了請酒，別人才肯稱兄道弟嚷著一道去。

老李死後兩個星期，進明終於出事。他喝得爛醉，歸途翻腳車，腳骨斷；人道進明哀悼妹夫，喝醉有理。金英騎腳車穿巷過街，上兩排大榕樹盡頭的一間私家醫院。醫生說人老，骨長不回，祇能動手術取出碎骨而已。進明到底義氣十足，挨了一刀，錢由別人付（他喝酒的規矩則相反：他出錢，別人出命）。出院之後住妹妹家，金英找出了一張床褥自己睡地上，進明睡老李處，重演老劇情。能走動時，他算是跛了，更不忘頭髮梳得較從前更油亮，好轉移別人的目光上他頭頂來（免看他的腳）。金英叫一輛得士，同他到一間鞋店，給他買一雙兩百多令吉的球鞋套上。從此，進明時髦地坐著「站崗」，下班後一個人買醉去也，誰都不跟上他，看他腳穿一雙年輕且觸目的鞋子拖著遠去，鞋尖磨花一痕痕。他似乎更有了買醉的理由，酒往喉灌，開始了獨醉作風，卻少了人扶。即或沒醉，走起路，也有了醉意。他完全有理由同情自己臨老成了一個跛子。

金英後來對秀葉說，自己有一天又拿獲進明喝酒，當眾訓了他一頓，在場的看客看直了眼，嘴抿笑，直當他們倆是夫妻來望。又是一臉的笑說。金英永遠把自己的事當成笑話來說，不忘生命應當自嘲的。大概她也清楚自己對二哥好——過分好。秀葉完全明白，自己的老同學多少暗自懷念丈夫的好處了——談的雖是不同男人，好的永遠好，壞的永遠壞，忠奸繼續分明下去——總是互相對比的結果。秀葉等她說完了，陪罵進明一頓，忘形道出了這麼一句：「他也不想想你一把年紀了，能照顧他多久？」話一說畢，秀葉馬上想到自己說錯了。說金英「一把年紀」，她自己就算年輕嗎？金英意會，又一嘴說得比別人還毒：「我死了，誰理他？我大哥也是一把年紀了。我最近交代我大哥，扣留進明一半的工錢。」話裡引用秀葉的「一把年紀」，表示不在意，罵自己罵得加倍。如此一來一往，秀葉更要臉紅，覺得說錯的話不能回收。

秀葉沒講：進明錢不夠，還不是一樣又跟你拿？你還不是又騰出老本借老哥？金英永遠吃虧，情節向來順流直下，依固定模式發展。要替金英總結她的生命史，不難：照顧不同男人。金英在這個話題結束之前，又說：「我託我大哥，看到他喝酒，就把他叫回來。」完全一副母親對待不良少年的口吻——是的，也是少年——不過老少年了。

生命的話題畢竟單調，談了男人，能夠轉向的，無非是男性以外的另一個對立面——女人本身。她們由鬧酒瘋談到了淩鳳的丈夫也好杯中物，可憐起不在場的第三者——她們的老同學。自從淩鳳丈夫失意之後，她們倆鮮少上她家，免得登門慰問似的，有損淩鳳一貫火騰騰強烈的自尊。但是，不去，又顯得她們過去去得太殷勤了，愛富嫌貧。還好，金英過去完全有充足的理由不去，病人離不開她一刻；至於秀葉，她懷著疑問，也不好意思開口問她究竟有沒有單獨去過。她希望秀葉沒去，也希望她曾去。

凌鳳倒是單獨來過，看她，當然也看病中的老李，手提一袋子生果步上她家長長的那一道木梯，抓著磨滑了的扶手，膠袋沙索沙索響，一粒粒橙在紅膠袋之中顏色暗沉，時而還敲響了扶手下的一根根瓶狀欄杆。她推測，那是街角生果店順道牽的一袋。她們兩個人在房外小沙發上坐對，看著右牆上的窗口引進一條飄滿細塵的光帶，聲音放得極低極沉作為基調，倒似閨閣密談。當然，也有高昂說話的時候。凌鳳關心她之餘，順便提了自己的處境：「我完全清楚照顧病人是怎樣回事。我老公喝醉回來，吐得一地上都是，我還要收拾，幫他換衣。你懂他多大隻。最後連痰盆都準備下來。半夜，一聽到動靜，就要醒來把痰盆舉到頭額頂上，讓他吐。他上了床，難保不會再吐第二次，又要醒來。」金英聽了，自然也不好意思說更苦的處境。況且，說了，不就等於跟她一道埋怨自己的丈夫？那太對不起老李了。她跨一個門檻，到露臺改裝而成的廚房找小刀，把老同學帶來的橙剝皮兩粒，對準軸線切成一瓣瓣，擱在一個琥珀色小碟送上，準備伺候尊貴的「太太」。橙是甚麼味道，也要送禮的人嘗一嘗。淩鳳到底沒有發表橙的意見，也祇多吃一瓣，沒吃了。接著，淩鳳說起了大兒子今年年底結婚，娶怎樣一個女子，倒沒聽她細說，可見不太滿意未來媳婦的素質。淩鳳說著「老大」——指大兒子如何如何，金英倒想起淩鳳那十幾歲早逝的第二兒子，跟老大一樣黑粗，都像他們爸爸，沒有半點淩鳳雪白的遺傳。生孩子原來也是這麼一回事，白蓋不了黑，沒有中間灰色地帶。

從前上淩鳳家，那老二總是給她跟秀葉各倒一杯黑咖啡在有耳柄的白瓷杯內，再奉上。日久，淩鳳見狀，一度滿臉的笑開口提議，不如她們之中的一個，當這孩子的乾媽。背地裡，她跟秀葉商量多次，最後還是作罷。那孩子是好的，做了淩鳳的孩子，又不同了。她們倆的家境都不比淩鳳好，從來，想像中的乾媽過節過生日要送得大禮，她們花不起，也怕失禮不起。她們一個未婚，一個生育不出，也實在難以忍受淩鳳充滿同情的好建議。孩子的幸福，就這樣被犧牲得不明不白，誰都沒有當面說出一個原因來，由著時間沖淡。

再到淩鳳家，那孩子沒有倒咖啡給她們了，一壺擱在桌上自斟。也許，母親阻止孩子這麼做；也許，那孩子清楚無利可圖。

孩子到了逆叛時期，她們上淩鳳家，總要聽她口訴一頓大小兩個年齡相近的孩子的近況，連嗜聽梅艷芳《將冰山劈開》之類的流行歌曲都在罪名之內。那老二是躲著她們不見；不幸見了，稱呼一聲急手急腳上樓去，然後一聲關門聲。也許，他長一臉青春痘怕見人，尤其怕常見的人關心，拿現在的面目跟幼時比較，或提出任何好意卻會刺傷的種種藥物對策。她們更加不必後悔當初的決定了，舉起咖啡壺自斟且自得自樂。

到了那孩子眞正犧牲時，她們也不是沒有眼淚的人。頭髮蕭蕭然一夜白了大半的淩鳳更是不聽夫勸，棺材前一聲聲喊，要把孩子叫回來。金英跟秀葉祇清楚那孩子乘電單車上學，轉彎沒看清楚，給貨車撞得飛遠，當場斃命。這種人生至深的打擊之一，她跟秀葉都安慰不了淩鳳，她們都沒有孩子，談不上經驗這種喪子之痛；即有「孩子」，現在也算三個人一起沒有了，眼淚開始紛披下來。同樣：到了老李那一回，事前她儘管有太多的時間可以準備，以爲仁至義盡照顧他，不會哭得凶，還是一路送，一路在大日頭下淚流，只是不喊，怕礙他上路去。發現老李時，果然天亮之後。那一夜特短，因爲直睡天亮頭額頂爲止，而太遲了：昨天永遠成爲過去。老李沒有叫醒她鬧夜尿；從此，她也沒有機會再叫醒他。

收到淩鳳老大結婚請柬時，金英剛經喪夫之痛，隔鐵柵接過，也表明不能去，有忌諱。淩鳳和老大也不進來，說趕往別家去。她託了單身赴宴的秀葉封紅包送去，再還她錢。

她天天負責收拾派報的丟在門外的報紙。有一天早上，她看到了報章頭條題著「梅艷芳病逝」，很是驚訝，打了一通電話給秀葉。祇聽秀葉說：「你沒留意？患子宮癌才三個月。」她確實不曾留意娛樂版幾個月以來的緊密追蹤，一看到，已經登上頭條，不像秀葉到老還追星表示自己心不老。不由得她不感嘆，說：「才這麼年輕。」在電話另外一端，特別因爲是秀葉，她清楚對方一定跟自己一樣，又會想起了淩鳳的老二——她們收不成的乾兒子。扯著那一條藤細的電話線，祇覺得生命無比脆弱，祇有那麼一線在握。秀葉說：「我們找一天看淩鳳去。」好的，她說。

去淩鳳家之前，西曆新年第一天照例公假，她一個人在下午已經踩腳車到洪福寺念經超渡越來越多的亡魂，順修來世。路上破碎的樹影滿地鋪就，偉高的樹所長出的枝丫彎伸對過，十指交纏似的組成一道道拱門供人由著底下穿經。與她並驅的是一輛裝飾華麗的三輪車，布篷左右各安了一隻五彩風車在滑轉。車上坐有兩個高大的洋人（一男一女），都架墨鏡，帶有一種「我們在旅行」的表情享受樹間滲漏的光影。車夫是精瘦的馬來人，肩胛骨外露汗衫領口邊，勉力踩動著輪子，不久就超越她。

可是，那個下午她出奇平靜，情願落後。她記起了自己腳下原是島土，素稱「東方花園」，而放眼風景歷歷。

她慢慢踩動：又回到了愉快的從前，變成了一個裙因風揚的少女，到處風和日光出沒。輪子一路踩著前去，就祇有樹——百年老榕樹，以及樹影而已。

二〇〇四年初稿

二〇〇五年一月九日《星洲日報・文藝春秋》

二〇〇六年二月修改

中年

知我歸來島上，我老弟候妻小入睡後開車下城，攜我鷹巡他的疆土。那時入夜的喬治市早已淪爲半空之城，流鶯三兩暗棲下柵老店五腳基上。我老弟頭戴鴨舌帽藏臉，手轉輪盤而口拋警世明言：不要以爲很美，都祇能遠看，都是「阿餅」（一個字典注定不收的福建話新詞，他獨創的）。一個個我老弟所謂的「阿餅」，黑絲襪，描眼繪唇，雄雌一臉交疊；而我老弟對眼前虛鳳著實失卻了耐心，以導遊口吻總結一句：過了半夜一點，還站這裡的，沒有一個是眞的女人，都是「阿餅」。

路上也非毫無眞女（也是「貞女」）。那晚即給我們碰上三個好貨，都虧我老弟眼尖，一一點示。第一個，惹得我老弟怪叫：看，快看，一條「鴻溝」（馬來文單詞）。我飛快一眼，有女駕「靈鹿」和我們並停同一柱夜街紅綠燈下，穿紅吊帶低胸裝，作彎身取物之勢，雙乳擠爆出半條人體鴻溝。我老弟隔窗放膽狼視，目光燙得對方不得不兇然回視。我老弟眞夠朋友，就轉頭調侃體胖的我，說：你彎身都擠得出啦。下一個路口，第二個來了，同是紅衣女，駕駛一輛雙門跑車，另有一雙小手（嬰孩的？）按搭面向我們的那口窗面：我老弟對著我猛點頭力讚，好高貴呵。而那攤子夜路上飛奔的紅衣媽媽並沒有回以注目禮，待燈一綠，箭速將我們遠拋後頭。我老弟狂踩油門，卻自嘆人老車亦老，小轎車遠遠趕不上那坐騎，我們只能坐看芳魂即逝。

自言自娛之餘，我老弟衛生部長似的，在路上極度關心未婚的我究竟如何解決切身問題，老是嘎嘎（笑聲）放射老話：你要不要「吐痰」？我無聲笑笑，而車早已開進窄巷，非我族類的群女黑黝黝穿短裙站列戰前老屋臺階上，分不清泰妹馬來妹；導遊如我老弟，開嘴即報行情：一圈五十，你要嗎？我回說：我請你好了。我老弟可是一臉正色說：不能不能，請嫖，嫖的人不好，不能請，也不能接受你請，我們會一起衰上十年。我們儘管推讓，燕燕鶯鶯儘管過窗，緊接的路段人稀街長。

也由不得我多說，我老弟突說菸癮發作了，就熄引擎停車長街7—11前，按下窗點菸駕霧，換了一張我難得一見的沉思且嚴肅的峻臉。彈菸灰那刻，他口開才問：你還想上哪裡？還沒等我回答（「要上你工作的地方」），7—11的門給推開了，我老弟即喊：球就要撞過來了，你還不快接？我還沒會意過來那暗指何物，我老弟又說：算了，你不能接了，還有一個「貝克漢」走了出來。那是我老弟即興描述打從我們車頭遊走過去的一對夜鴛鴦。

我老弟開門鎖，我站門外屋旁拿督公小神龕前合掌三拜，柏油路面鋪不好，裂爆出的一塊塊沙地冒長蓬蓬風搖的小草叢。不遠處對面則是樓建高地上；高地橫切面下的直路有一柱柱燈相隔一段距離孤亮著。我們這裡（也是「現在」），和那邊（「過去」），相隔一條實實在在而跨不過去的（時間）大鴻溝，流水聲陰陰細傳。

待門一開，我們進到那由單層角落間排屋改充的小廠，才怪哉聽聞鄰犬盡責地相應四吠（之前開門又不吠？），我問我老弟：你老闆不怕你們偷東西？貴爲頭手的我老弟一邊回頭上鎖一邊說：我們人人一串鎖匙，誰想幾點丟下老婆孩子來趕夜班都沒問題。又說，嘿，最近兩天我女兒都沒見到我，我都躲在這裡。（一個爲求謀生的「通緝犯」。）

進了天花板伸手可及的屋廳，即見三架機器下各有一條板凳，朝門的壁上疊掛著兩副淡藍防罩眼鏡。見我望著，我老弟手指他專屬那架機就在門後，而板凳上還有一對巨大綠手套（可以戴上拳擊）。我老弟逞強，傲笑說：我從來不戴這些。他拿了另一張小圓凳爬高對準門口的壁上神龕，上面安有兩尊他所謂的「陰神」——黑白無常，黑者矮胖得形象模糊，白者長舌外露，右手高揮一柄破殘的蒲扇。有兩瓶黑狗啤酒開瓶當祭品伺候著，清供果品鮮花則綴滿空位。我看著我老弟拿下了一對只剩菸蒂的燭臺，掏牛仔褲口袋裡的菸，拿兩根萬寶路。打火機點燃了，我老弟一臉誠心高舉頭額頂上三鞠躬，燭臺插好，歸位。

來此，我奇異平靜得耳聞細聲。我終於清楚我們的青春完全結束了，我們之中的一人得天天據一架機器在打造汽車引擎齒狀小機件。我們本身也祇是

（社會的）小機件而已。

我老弟說：要不要我啓動機器，現場示範給你看？我猛搖頭。然而我疑心自己猶聞白天機器操作的喧鬧，就像漸漸老朽肉身，始終還有青春回憶偶發的擊響。我收放鼻翼嗅嗅，空氣中飄有一些機油之味，我老弟見我這「一七八公分高的大狗」，就說：工作抽菸也不妨，不會燃燒（是的，再也不會燃燒了）。

未來之前，我老是在島以外想像：工廠天花板很高，高得能夠進駐一隻隻大象，一架架銀亮的機器高超人頂，像出土皇陵的陣式。沒有，眼前不過是小廠而已，機器與人齊高。我老弟要埋在裡邊日磨夜磨，可怕。

我們前後腳各上了一回下蹲式馬桶的廁所小解，再步出庭院外共透好月的夜氣。但見屋旁搭有遮棚，剛好掩護壁上一架冷氣機，還有與屋內雷同的兩大架機輪廓半現夜光下。庭院與右鄰分界的圍牆下橫置一根不知何用的長木，能容下我們一班三十來個同學排排坐，而眼前，除卻四散的故舊，唯我們倆而已。我和我老弟隔一個距離並坐下來，狗吠早已靜息，但聞冷氣機夜勞響動而已。

夜話內容總是悲哀極了。我說：最近幾次回來，我老母莫名其妙常問我的初戀情人嫁了沒有。我老弟笑：你老母在催婚啦。問題是，我和我老母一樣好奇：她嫁了沒有？多少次休假回島，我都有衝動想回事發現場，躲坐樓梯口，等她家開門，等當年人影走出來。我老弟則認爲：她要是出了島，進大都會謀生，可能還單身；要是還在島上，一定無聊得結婚生子。我說：沒有。我老弟說：你騙自己。與其猜想爭論，還不如有勞我老弟送我一程，放由我獨坐她家樓梯口至終宵；謎，也就說不定能隨天色一塊破曉。而我老弟聽我這麼一提，卻一口告誡：你最好不要揭開這個謎。我清楚，回憶從來只能遙遙供奉，不能親近指染。我口癢，就是要說說，惹我老弟可憐，可以嗎？

似乎爲了很公平地安撫我，自小廠開下城護送我回家時，我老弟不惜透露自身近況，（輪到需我可憐）：結婚四年多，和少妻漸漸無話，半夜不是上班至天明，就是下城兜半天，獨思未來大計，好籌足獨女教育費。未幾，我老弟幽幽然一人冷笑說：有時我也好奇她（我「阿嫂」）和誰談電話談得能夠大笑，但是我不會去問那是不是她的前男友；要是她高興告訴我，我就聽；她不說，我也眞的不會問，我也不想解開那個謎。是的，我們都到了不宜揭謎的年紀，尤其，不宜用語道破。活下去，就是要默默與謎共睡共度。

待車一進了夜城，我說我還不想回家，我老弟明知故問我還想去哪裡。我靜靜不響，他也不二問，又領著我再去巡禮殘夜流鶯剩多少。再說，島小，我們還能轉出哪裡？路上話比頭遭來時少，也許前半夜久違的兩男共處適應期早已過去，「導遊——旅客」的主從關係也不自覺昇華作無語的「合夥」（「合謀夥伴」）。我們靜靜共將左右兩口窗當望遠鏡，龜縮車中鷹視兜圈圈而數返的街巷暗角。一旦瞥及某個身影卡卡響（鞋聲）疾步走脫黑暗五腳基，踩下了那三步階趨向燈下車有意交接，我老弟（或我們）又慌急開走了。下一位，又下一位……紅粉下盡是一張張同性面影而已，假龍，虛鳳（我老弟口中的「阿餅」)。

一夜下來，我老弟夠壞，偶會手癢拍一拍膽大挨近他那口窗的「阿餅」們的打針人工乳，說是「試探虛實」；我們聽著咒罵聲拍車身聲落荒逃了又逃，還是不減我老弟之勇，他，老賊了。我老弟事後還是那句老話對我：「不用緊，大家同性嘛，都是硬繃繃的肌肉而已。」而最後呢，索性由我建議開離那漸漸滿是仇家的老路，趁星夜開到某住宅區盡頭一小片沙灘上靜一靜。說句實話，我已經覺得：到了無人處大有對我老弟進行心理輔導的必要。

然而，到了那久違且僻靜的目的地，我們停車處正好立著一片鋅板當圍牆，中空的一個出入口則透露對岸北海的燈火一條金鏈掛頸似的；一旦走了進去，那金鏈就給我們的目光拉長開去，倒又像給解下了頸，騰在掌心展示般，很長很長。對岸（馬來半島），一個大世界扇展開來，中間海道黑茫茫，數艦巍然擱停。

冷不設防，若干飛蚊行刺我裸出袖口下的雙手，得不斷走動，方能驅逐之。風地裡走著，我突然覺得有訓誡我老弟的必要，我又想到一夜跟著胡鬧的自己。我肚子裡升起了一股笑意，就搖頭苦笑，然後，我實在憋不住了，就由著笑聲自喉嚨源源輸出，腳則踏沙地劃圈。我老弟聞我發傻在笑，也尾隨我一邊猴抓瘦毛毛的手臂，一邊比賽大笑，眞是的。我知道：他在得意他帶壞我！我們充滿明白笑了再笑。

天明開車離去前，我們就祇是沿對隔岸燈火嚴重發笑，而，笑流滿臉。

二〇〇六年二月

二〇〇六年五月《印刻文學生活誌》

〈附錄〉

島上節字縮句者

——陳志鴻答編輯部問

編：在編輯過程中，我們知道這本小說結集原來有個副題，叫做「檳城人的故事」，彷佛有個指向明確的時空、人物身世範圍，又儼然具有一時間譜系或結構的寫作意圖，但目前我們所看到的，卻是各自獨立的短篇，且並未特別刻意地將穿梭在各篇中的人物面貌與故事串聯起來，彷佛更像在設伏布線般，（或是像喬伊斯《都柏林人》般朝寫實與回憶跳躍開放）處理著尤其是對於一種我們曾讀過與你這年紀相近的創作者極少見的，對於「家庭中的戲劇」場景（尤其是在幕後或者隱而未現的關係張力，也包含那些家庭成員外的入侵者、過客與回憶中的離席者）的反覆玩味（或陷溺）——但這副題爲何不見了？

另外，又是什麼樣的動機、觀察角度與過程，閱讀或者書寫練習譜系，使你對家庭這範圍的題材特別有興趣？

陳：臺灣讀者得摸地圖找檳城，太麻煩了，只好放棄這樣的副題。（一笑）我確實喜歡《都柏林人》，有些篇章不斷重看；可是，自己的東西看久了，不行，一時還不配按上肯定引起這種聯想的大題目。不過，讀者倒不妨玩拼圖似的歸類一下，也許還是有個島影。太有系統的東西，除了論文，我其他時候都反對。

至於你提到的「家庭中的戲劇」，我前面十八年沉浸大家庭太久（正確說法，是「兩大家庭」，我父母是近水樓臺的鄰居），離島後提筆翻舊帳。即使聽來的故事都乘機借用了不少自己的體驗來寫。

人站住，就占了一個空間。在大家庭，轉個身都會碰到別人一下。痛苦走來的人，畢生難忘那最原初的傷害：家庭，尤其大家庭（雖然，我漸漸不信童年陰影）。

編：這類題材在你原來「檳城人的故事」中扮演的位置或是作用，未來將會有怎樣的發展和進一步變化？是否願意先透露多些你「檳城人的故事」寫作方向中的其他尚未被你摹刻，或是臺灣讀者尚無緣見到的風景？

陳：未來「已經」（樂觀）或「還在」（悲觀）的草稿階段，這是實話，不是比喻。第二本小說集（或我比較喜歡的命名，「故事集」），則將以各種愛情（同性、異性、雙性）爲題材，大部分篇章都有了初稿，剩那修改的磨難等我挨受而已；一想到，手抖。

一些故事背景大都會，甚至古代。易言之，《腿》只將部分島性太強／無關愛情的篇章都爲一書而已。

未來，一切還是由筆帶路吧。太詳細寫作的計畫，礙手。寫成什麼，再背著讀者偷偷歸類即可。眼前還想開放一點，多寫，看自己能寫些什麼。不然，都是奢談。

我不算寫作上的野心家，也覺得很多東西——尤其藝術，弄巧反拙最常見。

編：在那些我們尚無可能遭逢、想像的你其他小說之風景裡，是否也如這部作品中我們所見的，並沒有太清楚能區隔馬華與臺灣風土的寫實細節，那些可能引發我們想像與誤解空間的「異國情調」——仍由你沉靜、節制且彷彿從古典中文過渡來反覆推敲雕琢敘事腔調的語法統攝？你如何判斷要留下或捨棄、守護或拒絕什麼？

陳：我抽個關鍵詞來談：異國情調。

異國情調的書寫恐怕和寫作者所在位置有關。我還在馬來西亞，距離不足，也就不會將故鄉誤作他鄉。

書中大部分篇章，最初的讀者也是馬來西亞人（目前我也還在這種假設之下寫東西），寫時就偷懶，覺得不必多加交代，很多事物大家心照不宣。

另外，我也得強調一下，書寫——至少小說，在我目前的階段看來：文字、故事最重要。地方色彩能有就有，不能則免。我也不勉強自己作國外「旅遊大使」。始終覺得自己的東西還太實，給拴在土地上，不夠脫離現實，需要坐想像的飛毯。

我想建議臺灣讀者看故事就好，將「檳島」轉喻任何島嶼。不論紙上或現實的空間束縛都是我急於擺脫的；能不能擺脫又是一回事。

編：相較之下，作爲書題的〈腿〉一篇，似與其他或多或少都以一家庭中角色的關係作爲故事場景和核心的各篇作品大異其趣？呈現一種較突兀的情感（或情慾）與心理狀態；但又有一些可以與他篇作品彷彿互通聲氣的狀態——人與人的關係充滿難以言說的，或者來不及、不可能溝通的情境（從這角度讀本書，〈腿〉又是其中最酣暢淋漓的一篇了）。

陳：〈腿〉的確非常突兀，同志、戀童、異族。我當初一想到能有此三層衝突就很開心，結果，大部分人都停在第一層的閱讀：同志。你說的種種「難以言說的，或者來不及、不可能溝通的情境」想必和這三層糾結一起有關。

順便說一說，和書中其他篇章有別，〈腿〉因爲故事太強，背景描寫都簡化了，只剩個隱約的島影，那也好。相反，故事不足如〈昨日之島〉就非得多加形容背景渲染氛圍。至於我喜歡的〈把孩子叫回來〉，純乎氣息，只要踏上檳島者即能感受。

地方色彩或氣息，在我，大部分時候還是背景。畢竟，我想將小說的定義簡化，甚至窄化：說一個故事（不是寫背景當「前景」的「旅遊手冊」）。

編：我們不免好奇：爲什麼你會決定（或同意）以這篇作品作爲書題？它之於你的創作（歷程）是否有什麼較特別的價值或意義？

陳：實話實說，這是我在臺的「引子」，只好先取個誘惑的書名。

至於寫作上的意義，〈腿〉是第三寫的故事，暫時還是極致。我十八歲那年，它名叫〈戲夢人生〉；廿三那年，名叫〈泅〉：都拿獎。未來，說不定會寫長它，因此也是一個小小的預告。

眼前，我想說：我希望臺灣讀者一《腿》在手之後會喜歡其他篇章，眼睛不要停留〈腿〉上而已。

編：還記得初見你是在今年（二〇〇六）初你獲頒我們這島上一文學獎的場合，卻未及深談；一眨眼也就一整個季節過去了。讀你小說，竟不時有種類似經歷季節往復循環感覺到某些人、某些事物、情感、聲音、回憶去而復返的，或節氣之交時屬於前一個季節某些特徵譬如溫度溼度譬如光線空氣的味道乃至於人們的活動力與衣著習慣皆流連踟躕不肯或不忍灑脫即去的印象——彷彿每個段落都是生命中最後一次散步的一個警醒卻故作輕鬆的踏步，是向著某些事物猶疑著告別或挽留的瞬間。我們察覺到小說中某種時間或空間的延遲（就像我們延遲至今才透過作品更認識你多些？）傾向：那感覺像是錯失或未及趕上某些命運關鍵時刻，或是隔著一段非得保持距離否則無法觀察他人或者意識到自己亦遭觀察的，完滿的不完滿。我們極有興趣的是，你怎樣發現、實驗和實踐這種細節層層疊疊且不時互相攀援辯證的文體，積累功力，你自己又會怎樣描述它？

陳：中文「設身處地」、「推心置腹」恐怕能夠道盡我處理人際關係的寫法。不過，有時眞的有點膩了，正想換個寫法。

累積這些篇章一看，我發現自己都在拆穿筆下人物各種自欺而已，也幾乎用同一種視野閱讀別人的作品。

閱讀有時的確發現自己（而不是作者）而已。我也始終看自己想看的而已：可笑可憫的人究竟可以自欺到怎樣的地步？如此一來，我的書寫工作又回到同個模式：向讀者展示人各種自欺和理由。

應該還有別的寫法吧。我找著。

編：如果我們無可避免地得用其他你欣賞認同的作家與作品的幽靈來附會、辨識、刺探你的影子、特徵和他們的相似程度，你會舉哪些例子來當作我們對話的基礎，或理解的線索碎片？

陳：周作人認爲作者書房不宜公開。（一笑）

不過，我想列出我看過而且不會空翻一字的作者／作品：魯迅《吶喊》與《徬徨》，張愛玲《怨女》與〈色戒〉，契訶夫、卡佛、海明威某些短篇，阿城、舒國治、吳爾芙夫人幾個長篇，朱天文〈柴師父〉、馬奎斯、費茲傑羅《大亨小傳》（原著）、英譯本村上春樹、沙林傑《麥田捕手》（原著）、石黑一雄《長日將盡》和《群山淡景》（都是原著）、孟若《感情遊戲》（原著）、詹姆斯《仕女圖》（原著）、高陽、金庸、《紅樓夢》、波赫士、納布可夫、卡波提等。（一時按記憶不分先後寫來，還有好些小書小作者只好委屈一邊。）

編：延續上個話題，你覺得自己現在已經（準備好）能清楚地描述自己所在的文學系譜與傳統的座標位置了嗎？

陳：還要多寫，才會更明顯，定位還太早，也不在我能夠控制的範圍。不過，我希望自己已經隱隱約約描出了一幅「島影」，而不是提供別人多個可以實際訪尋的旅遊勝地。

編：我們在你小說中看到，古典文學或是電影鏡頭語言，或是其他的你生命中的課題、興趣（嗜好）——似乎對你小說的敘事語法產生相當程度的影響，你自己怎樣看待你自己、作品與它們的三維間關係？

陳：我喜歡看畫（Goya、David Hockney、常玉、林風眠），也幾乎用看畫目光欣賞所有藝術。

常想：人的雙眼望出去，就是爲萬物定框。有些小說，還是畫面沖上腦才下筆的。

最近，想寫劇本只好多看電影。喜歡，不，是迷 Kieslowski 的《紅》、《藍》、《白》、《十誡》，還有 Almodovar。很多兩三小時的電影竟比需要我讀一個星期的長篇來得令人自在。聲色俱全不說，我還從中學會許多小說家漸漸放棄的一點：說故事。

編：我們知道你有反覆修改稿子（就算是已發表的作品，甚至得獎作品）的習慣——你最常修潤的是哪些部分？

陳：我不過做些小動作，刪贅字。可以說是個人習慣，也可以是所有作者的基本職業操守。我害怕文字不修邊幅。

故事，通常第一稿即寫好。第一稿連我這作者（其實，那刻也變「讀者」）都急於清楚後事如何，下筆每每倉促過渡下一個情節，往往用筆草率，結局早產。不少朋友埋怨〈腿〉後半部急景流年，我想乘機解釋：作者到底也不是自己故事的先知，得寫下去，並且趕快，才能與結局會合。中間倉促的部分事後收拾，但，故事已經封入時間水泥牆了。對我，這也是一種警惕，下回還是慢慢來。

還想說，要非電腦的發明，我恐怕也不能修改太多。可是，面對電腦，最大反諷又回來了：下筆隨便，修改加倍。

編：那麼，你又如何看待你作品裡幾乎無可修復的人際關係、情感與記憶，乃至於作品中一發難收的話語和人生，與這修改動作間的落差？

陳：離題一點來作答。有時，我幾疑自己「創作」（包括不斷修改）就是另一種修補或善後現實的工作。

順便一提，預想未來可以鑽入回憶棲身，以修補現實的失落：是我和人物常犯的重病。極有可能，還涉及這樣的一個前提：回憶既然可以充當退身之地，也不免誘引我和人物輕率處理現實中很多人際關係，事後才一人自憐自傷自嘆——甚至以為可以充當寫作素材，甚至在修改字句中重新玩味。

話說回來，重選一次，我又未必如自己所想的，會做別的——尤其做對的選擇。錯誤常常比正確有莫大的誘惑力，我們的回憶也隨時準備收拾殘局並美化作「遺憾」。

也許自己修改不停，正好帶出：修補不了。

編：是否有過那樣的神妙時刻：你在修改稿子期間，突然（或者漸進地）就決定了小說人物、故事或情節中與原本幾乎定稿的稿子大不相同的新出路或者無出路情況？（或是大塊捨棄後的豁然開朗？）

陳：很少，第一稿似乎定江山，接下來數稿無非刪修字句，草地上撿落葉而已。一個大動作，再來無數小動作。

編：如此，作爲讀者的我們，可以怎樣看待它們：是終極的有著毅然決然赴死解脫神態的完成品，或有著微妙與時變化表情的「接近完成中」？

陳：也許，死亡才能眞正「完稿」。狹義的「修改」：同一篇原地踏步修改；廣義的「修改」：在別篇敷演同一主題。我兩者皆有。

也不得不解釋，各篇按上修改日期也是純粹交代（職業道德），免得造成「抄襲」的錯覺（畢竟有些篇章改得離譜），非伏線準備評者追蹤書寫脈絡。

在自己作品中預留席位方便評者，已成了當代不少小說家和「賽手」的通病。我只想站好自己的崗位。

編：你這種對待作品的嚴謹態度和你目前主要以短篇爲主的創作成果是否也有關？近期你有創作長篇故事的計畫嗎？

陳：自己正好不夠嚴謹，才得再三修改，無關「長短篇」分類。既然提到了，我倒想順便談談長短篇的看法：那，無關頁數吧，而是耐看程度。耐看的「短篇」反覆讀來，即是「長篇」——至少，讀者多翻幾次，自動「拉長篇幅」。不耐看，翻第一頁即釋卷，「長篇」也是極短篇。畢竟，閱讀上的「回味」從來就不計頁數。我們的閱讀，到了最後，也是一個模糊輪廓而已（至少，我是如此記取讀物），不是一連串的頁碼。

我也是隨身讀迷，希望未來可以有無數「小書」：重量應該是輕盈的。可是，二〇〇四年初還是閉關兩星期寫了六萬字愛情故事，也不知該改該丟，這又自打嘴巴了。

眼前，比較想重寫已經有了三個版本的中篇：第四版本〈初戀〉。

INK PUBLISHING 文學叢書 122

腿

作　　者　陳志鴻
總 編 輯　初安民
責任編輯　施淑清
美術編輯　許秋山
校　　對　何曉薇　施淑清　陳志鴻

發 行 人　張書銘
出　　版　INK印刻出版有限公司
台北縣中和市中正路800號13樓之3
電話：02-22281626
傳真：02-22281598
e-mail:ink.book@msa.hinet.net
法律顧問　林春金律師

總 代 理　成陽出版股份有限公司
業務部／訂書電話：02-22256562　訂書傳真：02-22258783
訂書地址：台北縣中和市中正路800號11樓之2
e-mail：rspubl@sudu.cc
網址：舒讀網 http://www.sudu.cc
物流部／電話：03-3589000　傳真：03-3581688
退書地址：桃園市春日路1490號
郵政劃撥　19000691 成陽出版股份有限公司
門市地址　106台北市新生南路三段96-4號1樓
門市電話　02-23631407
印　　刷　海王印刷事業股份有限公司

出版日期　2006年5月 初版
ISBN 986-7108-45-0
定價　180元

國家圖書館出版品預行編目資料

腿／陳志鴻 著.--初版,
--臺北縣中和市：
INK印刻, 2006〔民95〕面；　公分
（文學叢書；122）

ISBN 986-7108-45-0（平裝）

857.63　　95007646

INK INK INK INK INK INK
INK INK INK INK INK
INK INK INK INK INK INK
INK INK INK INK INK
INK INK INK INK INK INK
INK INK INK INK INK
INK INK INK INK INK INK
INK INK INK INK INK
INK INK INK INK INK INK
INK INK INK INK INK
INK INK INK INK INK INK
INK INK INK INK INK
INK INK INK INK INK INK
INK INK INK INK INK
INK INK INK INK INK INK
INK INK INK INK INK
INK INK INK INK INK INK
INK INK INK INK INK
INK INK INK INK INK INK
INK INK INK INK INK
INK INK INK INK INK INK
INK INK INK INK INK
INK INK INK INK INK INK
INK INK INK INK INK